LA DAMA DE LAS CAMELIAS

ALMA CLÁSICOS ILUSTRADOS

LA DAMA DE LAS CAMELIAS

ALEXANDRE DUMAS

Ilustraciones de
Maite Niebla

Traducción de Mauro Armiño

Título original: *La Dame aux camélias*

© de esta edición:
Editorial Alma
Anders Producciones S.L., 2020
www.editorialalma.com

@almaeditorial
@Almaeditorial

© Traducción: Mauro Armiño
Nota del traductor: para la traducción, he seguido la edición de *La Dame aux camélias* de 1872, la definitiva de Dumas, que corrige la primera de 1848, con supresiones y correcciones de estilo.
© Traducción cedida por Ediciones Akal, S.A.

© Ilustraciones: Maite Niebla

Diseño de la colección: lookatcia.com
Diseño de cubierta: lookatcia.com
Maquetación y revisión: LocTeam, S.L.

ISBN: 978-84-18008-02-3
Depósito legal: B5589-2020

Impreso en España
Printed in Spain

Este libro contiene papel de color natural de alta calidad que no amarillea (deterioro por oxidación) con el paso del tiempo y proviene de bosques gestionados de manera sostenible.

Índice

I

En mi opinión, sólo se pueden crear personajes cuando se ha estudiado mucho a los hombres, como sólo se puede hablar una lengua a condición de haberla aprendido en profundidad.

Por no tener aún la edad en que se inventa, me contento con contar.

Aconsejo pues al lector que se convenza de la veracidad de esta historia, cuyos personajes, todos, a excepción de la heroína, aún viven.

Además, hay en París testigos de la mayoría de los hechos que aquí relato y que podrían confirmarlos si mi testimonio no bastara. Por una circunstancia particular, sólo yo podía escribirlos, porque sólo yo fui confidente de los últimos detalles, sin los que habría sido imposible hacer un relato interesante y completo.

Y la forma en que esos detalles llegaron a mi conocimiento fue la siguiente: el 12 del mes de marzo de 1847 leí en la calle Lafitte un gran cartel amarillo que anunciaba una subasta de muebles y de numerosos objetos de curiosidad. La subasta se producía por un óbito. El cartel no citaba el nombre de la persona fallecida, pero la subasta debía celebrarse en el número 9 de la calle d'Antin, el día 16 del mismo mes, desde las doce de la mañana hasta las cinco de la tarde.

El cartel decía además que se podría inspeccionar el piso y los muebles los días 13 y 14.

Siempre he sido aficionado a las curiosidades. Me prometí no perder aquella ocasión y, si no comprar, al menos verlas.

Al día siguiente me dirigí al número 9 de la calle d'Antin.

Era temprano y, sin embargo, ya había en el piso visitantes, hombres y mujeres que, aunque vestidas de terciopelo, cubiertas de cachemiras y esperadas a la puerta por sus elegantes cupés, miraban con asombro, incluso con admiración, el lujo que se mostraba a sus ojos.

Más tarde comprendí esa admiración y ese asombro, porque, tras ponerme yo también a examinar, comprendí rápidamente que me hallaba en el piso de una mantenida. Ahora bien, si hay algo que las mujeres de buena sociedad desean ver, y allí había mujeres de buena sociedad, son las interioridades de esas mujeres cuyos carruajes salpican todos los días el suyo, que, como ellas, y a su lado, tienen su palco en la Ópera y en el teatro de los Italianos, y que exponen en París la insolente opulencia de su belleza, de sus joyas y de sus escándalos.

Aquélla en cuya casa me encontraba había muerto; por tanto, las mujeres más distinguidas podían entrar hasta su habitación. La muerte había purificado el aire de aquella cloaca espléndida, y además tenían como excusa, si es que la necesitaban, que iban a una subasta sin saber de quién era la casa. Habían leído los anuncios, querían inspeccionar lo que aquellos anuncios prometían y escoger de antemano —nada más sencillo—, lo cual no les impedía buscar, en medio de todas aquellas maravillas, las huellas de esa vida de cortesana de la que sin duda se habían hecho relatos extraños.

Por desgracia, los misterios habían muerto con la diosa y, a pesar de toda su buena voluntad, aquellas damas no descubrieron más que lo que estaba en venta después del óbito y nada de lo que se vendía en vida de la inquilina.

Por lo demás, había mucho que comprar. El mobiliario era soberbio. Muebles de palisandro y de Boule, jarrones de Sèvres y de China, figuras de porcelana de Sajonia, satén, terciopelo y encajes: nada faltaba.

Me paseé por el piso y seguí a las nobles curiosas que me habían precedido. Entraron en una habitación tapizada de tela persa, e iba yo a entrar también cuando ellas salieron casi inmediatamente sonriendo y como si hubieran sentido vergüenza por aquella nueva curiosidad. Por ello deseé con mayor viveza entrar en aquella habitación. Era el tocador, cuidado hasta en sus detalles más minuciosos, en los que parecía haberse desarrollado hasta grado sumo la prodigalidad de la muerta.

En una gran mesa adosada a la pared, mesa de tres pies de ancho por seis de largo, brillaban todos los tesoros de Aucoc y de Odiot. Allí había una colección magnífica, y ninguno de aquellos mil objetos, tan necesarios para el aseo de una mujer como aquélla en cuya casa estábamos, era de otro metal que el oro o la plata. Pero, aquella colección no había podido hacerse sino poco a poco, y no era el mismo amor el que la había completado.

Yo, que no me alarmaba a la vista del tocador de una mantenida, me divertía examinando los detalles, fuesen los que fuesen, y me di cuenta de que todos aquellos utensilios magníficamente cincelados llevaban iniciales variadas y coronas diferentes.

Al mirar todas aquellas cosas, cada una de las cuales me hacía pensar en una prostitución de la pobre joven, me decía que Dios había sido clemente con ella, puesto que no había permitido que llegara al castigo ordinario y la había dejado morir en medio de su lujo y de su belleza, antes de la vejez, esa primera muerte de las libertinas.

En efecto, ¿qué hay más triste que la vejez del vicio, sobre todo en la mujer? No entraña ninguna dignidad ni inspira interés alguno. Ese eterno arrepentimiento, no del mal camino seguido, sino de los cálculos mal hechos y del dinero mal empleado, es una de las cosas más tristes que hay. Conocí a una antigua mujer galante a la que de su pasado sólo le quedaba una hija casi tan hermosa como, según sus contemporáneos, había sido su madre. Aquella pobre niña, a quien su madre sólo había dicho «Eres mi hija», para ordenarle alimentar su vejez como ella había alimentado su infancia, esa pobre criatura, digo, se llamaba Louise y, obediente a su madre, se entregaba sin voluntad, sin pasión, sin placer, como hubiera cumplido con un oficio si alguien hubiera pensado en enseñarle uno.

La convivencia con el desenfreno continuo, un desenfreno precoz, alimentada por el estado continuamente enfermizo de aquella muchacha, había apagado en ella la inteligencia del mal y del bien que tal vez Dios le había dado, pero que a nadie se le había ocurrido desarrollar.

Siempre me acordaré de esa joven que pasaba por los bulevares casi todos los días a la misma hora. Su madre la acompañaba constantemente, con la misma asiduidad con que una auténtica madre habría acompañado a su verdadera hija. Yo era entonces muy joven y estaba dispuesto a aceptar para mí la relajada moral de mi siglo. Recuerdo, sin embargo, que la contemplación de esa vigilancia escandalosa me inspiraba desprecio y repugnancia.

Cierto día, el rostro de aquella joven se iluminó. En medio de desenfrenos orquestados por su madre, a la pecadora le pareció que Dios le permitía una dicha. Y después de todo, ¿por qué Dios, que la había hecho débil, iba a dejarla sin consuelo, bajo el peso doloroso de su vida? Un día, pues, se dio cuenta de que estaba encinta y lo que en sí tenía de casta todavía se estremecía de júbilo. El alma tiene extraños refugios. Louise corrió a anunciar a su madre la noticia que tan contenta la tenía. Es vergonzoso decirlo, pero no hablamos aquí de la inmoralidad por capricho, contamos un hecho real, que quizá haríamos mejor en callar si no creyéramos que de vez en cuando hay que revelar los misterios de estos seres, a los que se condena sin escucharlos, a los que se desprecia sin juzgarlos; es vergonzoso, pero la madre respondió a su hija que no tenían bastante para dos y que no tendrían suficiente para tres; que tales hijos son inútiles y que un embarazo es tiempo perdido.

Al día siguiente, una comadrona, de la que sólo diremos que era amiga de la madre, fue a ver a Louise, que permaneció varios días en cama; y se levantó más pálida y más débil que antes.

Tres meses después un hombre se apiadó de ella y emprendió su curación moral y física, pero la última recaída había sido demasiado fuerte y Louise murió a consecuencia del aborto que le habían practicado.

La madre vive aún, ¿cómo?, sólo Dios lo sabe.

Esta historia me vino a la mente mientras contemplaba los neceseres de plata; y pasé cierto tiempo, según parece, en estas reflexiones, porque en el piso ya sólo estábamos yo y un vigilante que, desde la puerta, examinaba con atención si me guardaba algo.

Me acerqué a aquel hombre a quien inspiraba tan graves inquietudes.

—Señor —le dije—, ¿podría usted decirme el nombre de la persona que vivía aquí?

—La señorita Marguerite Gautier.

Yo conocía a aquella joven de nombre y de vista.

—¡Cómo! —le dije al vigilante—. ¿Marguerite Gautier ha muerto?

—Sí, señor.

—¿Y cuándo?

—Hace tres semanas, creo.

—¿Y por qué permiten visitar el piso?

—Los acreedores han pensado que con ello no hacían sino aumentar las ganancias de la subasta. Las personas pueden ver de antemano cómo lucen las telas y los muebles; como usted comprenderá, así se animan a comprar.

—¿Así que tenía deudas?

—¡Oh, señor! Muchas.

—¿Y la subasta las cubrirá?

—Las superará.

—¿A quién irá a parar lo que sobre?

—A su familia.

—De modo que tiene familia.

—Eso parece.

—Gracias, señor.

El vigilante, tranquilo ya respecto a mis intenciones, me saludó y me fui.

«Pobre chica —me decía al volver a casa—, ha tenido que morir muy tristemente, porque en su mundo sólo se admite a alguien a condición de que esté bien.» Y, a mi pesar, me apiadaba por el destino de Marguerite Gautier.

Esto quizá parezca ridículo a muchos, pero tengo una indulgencia inagotable por las cortesanas y no me molesto siquiera en discutir esa indulgencia.

Cierto día, al ir a buscar un pasaporte a la prefectura, vi en una de las calles adyacentes a una joven a la que llevaban dos gendarmes. Ignoro lo que aquella joven había hecho, lo único que puedo decir es que lloraba a lágrima viva, abrazando a un niño de algunos meses del que la separaba su arresto. Desde aquel día, no he podido despreciar a una mujer a primera vista.

II

Lambda subasta era para el día 16.

Habían dejado un día de intervalo entre las visitas y la venta para dar tiempo a los tapiceros a quitar las telas, las cortinas, etc.

En aquella época, yo acababa de volver de viaje. Era bastante lógico que no me hubieran informado de la muerte de Marguerite como de una de esas grandes noticias que los amigos cuentan siempre a quien vuelve a la capital de las noticias. Marguerite era hermosa, pero cuanta más atención genera la vida refinada de estas mujeres, tanta menos provoca su muerte. Son de esos soles que se ponen como se han levantado, sin brillo. Cuando mueren jóvenes, su muerte es notificada al mismo tiempo a todos sus amantes, porque en París casi todos los amantes de una meretriz viven en intimidad. Se intercambian algunos recuerdos en su memoria y la vida de unos y de otros continúa sin que este incidente la turbe ni tan sólo con una lágrima.

Hoy, cuando se tiene veinticinco años, las lágrimas se vuelven algo tan poco frecuente que uno no puede derramarlas de buenas a primeras. A lo sumo, con los parientes, que pagan por ser llorados y que lo son en razón del precio que por ello abonen.

Por lo que a mí se refiere, aunque mis iniciales no se encontraban en ninguno de los neceseres de Marguerite, esa indulgencia instintiva, esa piedad natural que acabo de confesar hace un instante, me hacían pensar en su muerte más tiempo, quizá, de lo que merecía que pensase en ella.

Recordaba haberme encontrado con Marguerite con frecuencia en los Campos Elíseos, a donde ella iba asiduamente, todos los días, en un pequeño cupé azul tirado por dos magníficos caballos bayos, y entonces había observado en ella una distinción poco común en sus semejantes, distinción que además realzaba una belleza realmente excepcional.

Cuando salen, estas desventuradas criaturas van siempre acompañadas de no se sabe quién.

Como ningún hombre consiente en proclamar públicamente el amor nocturno que por ellas siente, como ellas tienen terror a la soledad, llevan consigo, o a aquéllas que, menos afortunadas, no tienen coche, o a alguna de esas viejas elegantes cuya elegancia nada motiva y a quien uno puede dirigirse sin temor cuando se quieren saber ciertos detalles, los que sean, sobre la mujer a la que acompañan.

No ocurría esto con Marguerite. Llegaba a los Campos Elíseos siempre sola, en su coche, ocultándose cuanto podía, envuelta en invierno en una gran cachemira, vestida en verano con ropas muy sencillas; y, aunque en su paseo favorito hubiera muchas personas a las que conocía, cuando por casualidad les sonreía, la sonrisa era visible sólo para ellas.

No se paseaba desde la rotonda hasta la entrada de los Campos Elíseos, como hacen y hacían todas sus colegas. Sus dos caballos la llevaban rápidamente al Bois. Allí bajaba del coche, paseaba durante una hora, volvía a subir a su cupé y regresaba a casa al galope de su tiro.

Excesivamente alta y delgada, poseía en grado sumo el arte de corregir ese descuido de la naturaleza con su gusto a la hora de vestirse. Su cachemira, cuya punta tocaba el suelo, dejaba asomar a cada lado los amplios volantes de un vestido de seda, y el grueso manguito que cubría sus manos y que apoyaba contra su pecho estaba rodeado de pliegues tan hábilmente dispuestos que la mirada, por exigente que fuera, nada tenía que objetar al contorno de las líneas.

Su rostro, una maravilla, era objeto de una coquetería particular. Era muy pequeño, y su madre, como diría Musset, parecía haberlo hecho así para hacerla con cuidado.

En un óvalo de una gracia indescriptible poned unos ojos negros rematados por cejas de un arco tan puro que parecía pintado; velad esos ojos con grandes pestañas que, cuando bajaban, arrojaban sombra sobre el tono rosado de las mejillas; trazad una nariz fina, recta, espiritual, con las fosas algo abiertas por una aspiración ardiente hacia la vida sensual; dibujad una boca armoniosa, cuyos labios se abrían con gracia sobre unos dientes blancos como la leche; coloread la piel de ese terciopelo que cubre los melocotones que ninguna mano ha tocado, y tendréis el conjunto de aquel encantador rostro.

Los cabellos negros como el azabache, ondulados naturalmente o no, se abrían sobre la frente a ambos lados de la cara y se perdían detrás de la cabeza, mostrando parte de las orejas, en las que brillaban dos diamantes de un valor de cuatro a cinco mil francos cada uno.

Cómo su vida ardiente dejaba en el rostro de Marguerite la expresión virginal, infantil incluso, que lo caracterizaba es lo que nos vemos obligados a constatar sin comprenderlo.

Marguerite asistía a todos los estrenos y pasaba todas sus veladas en algún espectáculo o en el baile. Cada vez que se representaba una pieza nueva, era seguro verla allí con tres cosas que nunca la dejaban y que ocupaban siempre la delantera de su palco de platea: sus anteojos, una bolsa de dulces y un ramillete de camelias.

Durante veinticinco días al mes, las camelias eran blancas y durante cinco días eran rojas; jamás se supo el motivo de esta alternancia de colores que señalo sin poder explicar y que los habituales de los teatros que ella frecuentaba y sus amigos habían observado igual que yo.

Nunca se vio a Marguerite con otras flores que no fueran camelias. Por eso, su florista, la señora Barjon, había terminado por llamarla la Dama de las Camelias, y se quedó con ese sobrenombre.

Yo sabía además, como todos los que viven en cierto ambiente, en París, que Marguerite había sido la amante de los jóvenes más elegantes, que ella

lo decía en voz alta y que ellos mismos se jactaban de ello, cosa que probaba que amantes y amante estaban contentos los unos con los otros.

Sin embargo, desde hacía unos tres años, tras un viaje a Bagnères, sólo vivía, al decir de las gentes, con un viejo duque extranjero, enormemente rico y que había tratado de apartarla todo lo posible de su vida anterior, cosa que ella le había dejado hacer de bastante buena gana.

Lo que me contaron al respecto es lo siguiente.

En la primavera de 1842, Marguerite estaba tan débil, tan cambiada, que los médicos le recetaron las aguas y ella partió hacia Bagnères.

Allí, entre los enfermos, estaba la hija de ese duque, que no sólo tenía la misma enfermedad, sino incluso el mismo rostro que Marguerite, hasta el punto de que se las hubiera podido tomar por hermanas. Pero la joven duquesa estaba en el tercer grado de la tisis y, pocos días después de la llegada de Marguerite, falleció.

Cierta mañana, el duque, que se había quedado en Bagnères como quien se queda sobre el suelo que sepulta una parte de su corazón, divisó a Marguerite en el recodo de una avenida.

Le pareció que veía pasar la sombra de su hija y caminando hacia ella le tomó las manos, la abrazó llorando y sin preguntarle quién era, imploró permiso para verla y amar en ella a la viva imagen de su hija muerta.

Marguerite, que estaba sola en Bagnères con su doncella, y que, por otra parte, no tenía miedo alguno de verse comprometida, concedió al duque lo que le pedía.

Había en Bagnères gentes que la conocían y que fueron oficialmente a advertir al duque de la verdadera posición de la señorita Gautier. Fue un golpe para el viejo, porque ahí cesaba el parecido con su hija, pero era demasiado tarde. La joven se había vuelto una necesidad de su corazón y su único pretexto, su única excusa para seguir viviendo.

No le hizo ningún reproche, no tenía derecho a hacérselo, pero le preguntó si se sentía capaz de cambiar de vida, ofreciéndole a cambio de ese sacrificio todas las compensaciones que ella pudiera desear. Ella prometió hacerlo.

Hay que decir que en esa época Marguerite, de naturaleza apasionada, estaba enferma. El pasado se le aparecía como una de las causas principales de su enfermedad, y una especie de superstición le hizo esperar que Dios le dejaría la belleza y la salud a cambio de su arrepentimiento y de su conversión.

En efecto, las aguas, los paseos, la fatiga natural y el sueño casi la habían restablecido cuando llegó el fin del verano.

El duque acompañó a Marguerite a París, donde continuó yendo a verla como en Bagnères.

Esta intimidad, cuyo verdadero origen y verdadero motivo se desconocían, causó gran sensación, porque el duque, conocido por su gran fortuna, se daba a conocer ahora por su gran prodigalidad.

Se atribuyó al libertinaje, frecuente entre los viejos ricos, el acercamiento del anciano duque y la joven mujer. Se especuló con todo menos con lo que realmente era.

Lejos de nosotros el pensamiento de hacer de nuestra heroína otra cosa que lo que era. Diremos, pues, que, mientras permaneció en Bagnères, la promesa hecha al duque no había sido difícil de cumplir, y que había sido cumplida; pero, una vez de regreso a París, esta joven habituada a la vida disipada, a los bailes, a las orgías, incluso, había pensado que su soledad, turbada únicamente por las visitas periódicas del duque, la haría morir de hastío, y los alientos ardientes de su vida de antaño pasaban a la vez por su cabeza y por su corazón.

Añadid que Marguerite había vuelto de aquel viaje más hermosa de lo que nunca había sido, que tenía veinte años y que la enfermedad adormecida, que no vencida, continuaba dándole deseos febriles que casi siempre son el resultado de las afecciones de pecho.

El duque sintió, pues, un gran dolor el día en que sus amigos, constantemente al acecho para descubrir un escándalo de la joven con la que él se había comprometido, según decían, fueron a advertirle y a probarle que cuando ella estaba segura de que él no aparecería, recibía visitas, y que esas visitas se prolongaban con frecuencia hasta el día siguiente.

Interrogada, Marguerite confesó todo al duque, aconsejándole sin segundas intenciones que cesara de ocuparse de ella, porque no se sentía con fuerzas para mantener el compromiso adquirido y no quería recibir por más tiempo los favores de un hombre al que engañaba.

El duque permaneció ocho días sin aparecer, —fue todo lo que aguantó— y el octavo día volvió para suplicar a Marguerite que le admitiera de nuevo, prometiéndole aceptarla como era, con tal de verla, y jurándole por su vida que no le haría jamás ningún reproche.

Así estaban las cosas tres meses después del regreso de Marguerite, es decir, en noviembre o diciembre de 1842.

III

El día 16, a la una, me dirigí a la calle d'Antin.

Desde la puerta cochera se oía gritar a los tasadores de subastas.

El piso estaba lleno de curiosos.

Pero en esta ocasión eran las celebridades de la galantería pública las que reinaban. Sin embargo, algunas mujeres de la buena sociedad habían cedido todavía a su curiosidad.

La señora duquesa de F. se codeaba con la señorita A., una de las pruebas más tristes de nuestras cortesanas modernas; la señora marquesa de T. vacilaba en comprar un mueble sobre el que pujaba la señora D., la mujer adúltera más elegante y más conocida de nuestra época; el duque de Y., que se va a Madrid por arruinarse en París y a París por arruinarse en Madrid y que, después de todo, ni siquiera gasta su renta, al tiempo que hablaba con la señora M., una de nuestras cuentistas más ingeniosas, que de vez en cuando tiene a bien escribir lo que dice y firmar lo que escribe, intercambiaba miradas disimuladas con la señora de N., esa bella paseante de los Campos Elíseos, casi siempre vestida de rosa o de azul y de cuyo coche tiran dos grandes caballos negros que Tony le vendió por diez mil francos y... que ella le pagó; por último, la señorita R., que con su solo talento saca el doble de lo que las mujeres de la buena sociedad sacan con su dote y el triple de lo que las otras sacan con sus amores, había ido pese al frío a hacer algunas compras, y no era la menos observada.

Podríamos seguir citando las iniciales de muchas de las personas reunidas en aquel salón, muy sorprendidas por encontrarse juntas, pero tememos cansar al lector.

Digamos sólo que todo el mundo sentía una alegría loca, y que entre todas las personas que allí se encontraban muchas habían conocido la muerte y no parecían acordarse.

Se reían a carcajadas; los subastadores hablaban a voz en grito; los comerciantes que habían invadido los bancos dispuestos ante las mesas de subasta trataban en vano de imponer silencio para hacer tranquilamente sus negocios. Jamás reunión alguna fue más variada, más ruidosa.

Me deslicé con discreción entre aquel penoso tumulto pensando que habría sitio cerca de la habitación donde había expirado la pobre criatura cuyos muebles se vendían para pagar las deudas. Estaba allí más para observar que para comprar, miraba los rostros de los proveedores que obligaban a subastar, y cuyos rasgos se distendían cada vez que un objeto alcanzaba un precio que no se esperaban.

Gente de bien que había especulado con la prostitución de aquella mujer, que había ganado el cien por cien con ella, que había perseguido con papeles timbrados los últimos momentos de su vida y que después de su muerte venían a recolectar los frutos de sus deshonrosos cálculos.

¡Cuánta razón tenían los antiguos que tenían un mismo Dios para los comerciantes y para los ladrones!

Vestidos, cachemiras y joyas se vendían con una rapidez increíble. Ninguno de aquellos objetos me interesaba y seguí esperando.

De pronto oí gritar:

—Un volumen perfectamente encuadernado, con lomos dorados, titulado *Manon Lescaut*. Hay algo escrito en la primera página. Diez francos.

—Doce —dijo una voz tras un silencio bastante largo.

—Quince —dije yo.

¿Por qué? No lo sé. Seguramente por ese «hay algo escrito».

—Quince —repitió el tasador.

—Treinta —dijo el primer pujador en un tono que parecía desalentar a que alguien más pujara.

Aquello se convertía en lucha.

—¡Treinta y cinco! —grité yo con el mismo tono.

—Cuarenta.

—Cincuenta.

—Sesenta.

—Cien.

Confieso que si hubiera pretendido causar impacto, lo habría logrado completamente, porque tras mi puja se hizo un gran silencio y me miraron para saber quién era aquel señor que parecía tan resuelto a poseer el volumen.

Parecía que el acento dado a mi última palabra había convencido a mi antagonista; prefirió, pues, abandonar un combate que sólo habría servido para pagar por aquel volumen diez veces su valor e, inclinándose, me dijo muy amablemente, aunque algo tarde:

—Me retiro, señor.

Al no decir nadie nada más, me adjudicaron el libro.

En la primera página estaba escrita a pluma, y con caligrafía elegante, la dedicatoria del dador de aquel libro. La dedicatoria llevaba estas únicas palabras:

Manon a Marguerite,
Humildad.

Estaba firmada: «Armand Duval».

¿Qué quería decir aquella palabra: *Humildad*?

En opinión de aquel señor Armand Duval, ¿reconoció Manon en Marguerite una superioridad de desenfreno o de corazón?

La segunda interpretación era más verosímil porque la primera no habría sido más que una impertinente franqueza que Marguerite, pese a su opinión sobre sí misma, no habría aceptado.

Salí de nuevo y no me preocupé más de aquel libro hasta la noche cuando me acosté.

Cierto, *Manon Lescaut* es una conmovedora historia cuyos detalles todos conozco, y, sin embargo, cuando tengo ese volumen en mis manos, mi simpatía por él me atrae siempre, lo abro y por enésima vez revivo con la heroína del abate Prévost. Y esa heroína es tan auténtica que me parece haberla conocido. En aquellas nuevas circunstancias, el tipo de comparación hecha entre ella y Marguerite daba un atractivo inesperado a aquella lectura, y mi indulgencia se llenó de piedad, casi amor, por la pobre muchacha a cuya herencia debía yo aquel volumen. Manon había muerto en un desierto, es verdad, pero en los brazos del hombre que la amaba con toda la fuerza de su alma y que, una vez muerta, le cavó una fosa, la roció con sus lágrimas y sepultó allí su corazón; mientras que Marguerite, pecadora como Manon, y tal vez convertida como ella, había muerto en el seno de un lujo espléndido, por lo que yo pude ver, en el lecho de su pasado, pero también en medio de ese desierto del corazón, mucho más árido, mucho más vasto, mucho más despiadado que aquél en que Manon había sido enterrada.

IV

Dos días después, la subasta había terminado. Se recaudaron ciento cincuenta mil francos.

Los acreedores se habían repartido dos tercios y la familia, compuesta por una hermana y un sobrino pequeño, heredó el resto.

Dicha hermana abrió desmesuradamente los ojos cuando el agente judicial le escribió para decirle que había heredado cincuenta mil francos.

Hacía seis o siete años que esa joven no había visto a su hermana, la cual había desaparecido un día sin que, ni por ella ni por otros, se volviera a saber el menor detalle de su vida desde el momento de su desaparición.

Llegó a París a toda prisa y el asombro de quienes conocían a Marguerite fue mayúsculo cuando vieron que su única heredera era una gorda y hermosa joven campesina que hasta entonces no había salido nunca de su aldea.

Hizo su inesperada fortuna de golpe, sin saber siquiera de qué fuente provenía.

Me dijeron que después se volvió al campo, llevándose de la muerte de su hermana una gran tristeza que compensaba, no obstante, una inversión al cuatro y medio que acababa de hacer.

Todas estas circunstancias comentadas en París, la villa madre del escándalo, comenzaban a ser olvidadas y yo mismo olvidaba incluso la parte que había tenido en esos acontecimientos, cuando un nuevo incidente me hizo conocer toda la vida de Marguerite y descubrir detalles tan conmovedores que tuve la necesidad de escribir esta historia, y por eso la escribo.

Hacía tres o cuatro días que el piso, vacío de todos sus muebles vendidos, estaba en alquiler, cuando una mañana llamaron a mi puerta.

Mi criado, o, mejor dicho, mi portero que me servía de criado, fue a abrir y me trajo una tarjeta, diciéndome que la persona que se la había entregado deseaba hablarme.

Miré aquella tarjeta y leí estas dos palabras: *Armand Duval.*

Pensé dónde había visto antes aquel nombre, y me acordé de la primera hoja del volumen de *Manon Lescaut.*

¿Qué podía querer de mí la persona que había regalado aquel libro a Marguerite? Di orden de que entrase inmediatamente.

Vi entonces a un joven rubio, alto, pálido, vestido con un atuendo de viaje que parecía no haberse quitado hacía algunos días y que ni siquiera se había molestado en cepillar a su llegada a París, porque estaba cubierto de polvo.

El señor Duval, muy conmovido, no hizo ningún esfuerzo por ocultar su emoción, y con lágrimas en los ojos y la voz temblorosa me dijo:

—Señor, os ruego excuséis mi visita y mi indumentaria, pero, además de que entre jóvenes no importa, deseaba tanto veros hoy que no he perdido siquiera el tiempo de pasarme por el hotel al que he mandado mi equipaje y he acudido a vuestra casa temiendo, aunque sea temprano, no encontraros.

Rogué al señor Duval que se sentara junto al fuego, cosa que él hizo sacando de su bolsillo un pañuelo con el que, por un momento, ocultó su rostro.

—No debéis comprender —prosiguió suspirando tristemente— para qué os quiere este visitante desconocido, a semejante hora, con este atuendo y llorando como lo hago. Vengo sencillamente, señor, a pediros un gran favor.

—Hablad, señor, estoy a vuestra disposición.

—¿Asististeis a la subasta de Marguerite Gautier?

Al decir esto, la emoción a la que el joven se había sobrepuesto le venció y tuvo que llevarse las manos a sus ojos.

—Debo pareceros ridículo —añadió—, perdonadme también por ello, y creed que nunca olvidaré la paciencia con que tenéis a bien escucharme.

—Señor —le contesté yo—, si el favor que creéis que puedo haceros os ayuda a mitigar la pena que sentís, decid rápidamente en qué puedo serviros y encontraréis en mí a un hombre feliz de que le estéis agradecido.

El dolor del señor Duval me provocaba simpatía, y a mi pesar, deseaba resultarle agradable.

Me dijo entonces:

—¿Comprasteis algo en la subasta de Marguerite?

—Sí, señor, un libro.

—¿*Manon Lescaut?*

—Exactamente.

—¿Tenéis todavía ese libro?

—Está en mi dormitorio.

Ante tal noticia, Armand Duval pareció aliviado de un gran peso y me dio las gracias como si ya hubiera empezado yo a hacerle un favor guardando aquel volumen.

Me levanté entonces, fui a mi habitación para tomar el libro y se lo entregué.

—Éste es —dijo mirando su dedicatoria de la primera página y hojeándolo—, éste es.

Y dos grandes lágrimas cayeron sobre las páginas.

—Y, bien, señor —dijo alzando la cabeza sin tratar siquiera de ocultarme que había llorado y que estaba a punto de llorar de nuevo —, ¿valoráis mucho este libro?

—¿Por qué, señor?

—Porque quiero pediros que me lo cedáis.

—Perdonad mi curiosidad —le dije yo entonces—, pero ¿no sois vos quien se lo dio a Marguerite Gautier?

—Yo mismo.

—Este libro es vuestro, señor; tomadlo; me siento dichoso de poder devolvéroslo.

—Pero —prosiguió el señor Duval con apuro— lo menos que puedo hacer es daros la suma que habéis pagado por él.

—Permitidme que os lo regale. El precio de un solo volumen en una venta semejante es una bagatela y ya no recuerdo cuánto pagué por él.

—Pagasteis cien francos.

—Cierto —dije azorado—, ¿cómo lo sabéis?

—Es muy sencillo: esperaba llegar a París a tiempo para la subasta de Marguerite, pero no he podido llegar hasta esta mañana. Quería tener como fuese un objeto que le perteneciera y corrí a casa del tasador para pedirle permiso e inspeccionar la lista de objetos vendidos y los nombres de los compradores. Vi que este volumen lo habíais comprado vos y me decidí a pediros que me lo cedieseis, aunque el precio que habíais pagado me hizo temer que estuvierais vinculado por algún recuerdo a la posesión de este volumen.

Al hablar así, Armand parecía temer evidentemente que yo hubiera conocido a Marguerite igual que él.

Me apresuré a tranquilizarle.

—No conocí a la señorita Gautier más que de vista —le dije—; su muerte me causó la impresión que siempre causa sobre alguien joven la muerte de una mujer hermosa con la que ha tenido el placer de coincidir. Quise comprar algo en su subasta y me obstiné en pujar por este volumen, no sé por qué, por el placer de hacer rabiar a un señor que se encarnizaba y parecía desafiarme para conseguirlo. Le repito, pues, que este libro está a vuestra disposición y os ruego de nuevo que lo aceptéis para que no lo tengáis de mí como yo lo tengo de un tasador y para que sea, entre nosotros, prenda de un conocimiento duradero y más profundo.

—Está bien, señor —me dijo Armand tendiéndome la mano y estrechando la mía—, acepto y os estaré agradecido toda mi vida.

Tenía muchas ganas de preguntar a Armand sobre Marguerite, porque la dedicatoria del libro, el viaje del joven, su deseo de poseer aquel volumen azuzaban mi curiosidad, pero si le interrogaba temía dar la sensación de haber rechazado su dinero sólo para tener derecho a inmiscuirme en sus asuntos.

Pareció adivinar mi deseo porque dijo:

—¿Habéis leído este libro?

—Entero.

—¿Qué pensasteis de las dos líneas que escribí?

—Inmediatamente comprendí que, a sus ojos, la pobre muchacha a la que había dado usted el volumen era alguien fuera de lo corriente, porque no quise ver en esas líneas más que un cumplido trivial.

—Y tenéis razón, señor. Esa muchacha era un ángel. Tomad —me dijo—, leed esta carta.

La abrí, y esto era lo que contenía:

Mi querido Armand: He recibido vuestra carta, os encontráis bien y se lo agradezco a Dios. Sí, amigo mío, estoy enferma y de una de esas enfermedades que no perdonan, pero el interés que tenéis a bien tomaros todavía por mí disminuye mucho mi sufrimiento. Sin duda, no viviré tiempo suficiente para tener la dicha de estrechar la mano que ha escrito la hermosa carta que acabo de recibir y cuyas palabras me curarían si hubiese cura posible. No os veré porque estoy muy cerca de la muerte y centenares de leguas os separan de mí. ¡Pobre amigo! Vuestra Marguerite de antaño ha cambiado mucho y será mejor que no la veáis tal y como está. Me preguntáis si os perdono; con todo mi corazón, amigo mío, porque el mal que quisisteis hacerme no era más que una prueba del amor que teníais por mí. Hace un mes que estoy en cama, y tengo en tanto vuestra estima que todos los días escribo el diario de mi vida, desde el momento en que nos separamos hasta el momento en que ya no tenga fuerza para escribir.

Si el interés que tomáis en mí es real, Armand, a vuestro regreso id a casa de Julie Duprat. Ella os entregará ese diario. Encontraréis en él la razón y la excusa de lo que ha pasado entre nosotros. Julie me hace mucho bien; a menudo hablamos de vos. Estaba aquí cuando vuestra carta ha llegado y hemos llorado leyéndola.

En caso de no haber recibido noticias vuestras, ella estaba encargada de entregaros estos papeles a vuestra llegada a Francia. No me quedéis agradecido. Recordar cada día los únicos momentos felices de mi vida me hace un bien enorme, y si vos tal vez encontréis en esta lectura la excusa del pasado, yo encuentro un alivio constante.

Quisiera dejaros algo que me recordase siempre en vuestro espíritu, pero han embargado todo y nada me pertenece.

¿Lo entendéis, amigo mío? Voy a morir y desde mi dormitorio oigo caminar por el salón al vigilante que mis acreedores han traído para que nadie se lleve nada y para que no me quede con nada en caso de que sobreviva. Espero que aguarden el final para subastar.

Oh, los hombres son despiadados; o, mejor, me equivoco, es Dios el que es justo e inflexible.

Y bien, querido amado, venid a mi subasta y comprad algo, porque si yo quisiera guardar el menor objeto para vos y se enterasen serían capaces de atacaros por apropiación de objetos embargados.

¡Triste vida la que abandono!

¡Qué bueno sería Dios si me permitiera volver a veros antes de morir! Con toda probabilidad, adiós, amigo mío; perdonadme si no os escribo más, pero ésos que dicen que me curarán me agotan a sangrías y mi mano se niega a seguir escribiendo.

Marguerite Gautier

En efecto, las últimas palabras apenas eran legibles.

Devolví aquella carta a Armand, que acababa de releerla sin duda en su pensamiento como yo la había leído sobre el papel, porque me dijo al tomarla:

—¿Quién podría creer que es una mujer galante la que ha escrito esto?

Y, completamente emocionado por sus recuerdos, contempló un rato más las letras de aquella carta que terminó llevándose a los labios.

—¡Y cuando pienso —prosiguió— que ha muerto sin que haya podido volver a verla y que no la volveré a ver jamás; cuando pienso que ella ha hecho por mí lo que una hermana no habría hecho, no me perdono haberla dejado morir así! ¡Muerta, muerta! Pensando en mí, escribiéndome y repitiendo mi nombre, pobre Marguerite.

Y Armand, dando rienda suelta a sus pensamientos y a sus lágrimas, me tendió la mano y prosiguió:

—Parecería un niño si me vieran lamentarme de este modo por una muerta como ésta; y es que nadie sabe cuánto hice sufrir a esta mujer, cuán cruel fui, cuán buena y resignada fue ella. Yo creía que me correspondía a mí perdonarla y hoy me encuentro indigno del perdón que ella me otorga. ¡Oh, daría diez años de mi vida por llorar una hora a sus pies!

Siempre es difícil consolar un dolor que no se conoce y, sin embargo, me sentía dominado por una simpatía tan viva hacia aquel joven, me hacía con tanta franqueza el confidente de su pena que creí que mi palabra no le sería indiferente y le dije:

—¿No tenéis parientes o amigos? Esperad, id a verlos y os consolarán, porque yo no puedo hacer otra cosa que compadeceros.

—Es justo —dijo levantándose y dando grandes pasos por mi habitación—, os estoy aburriendo. Perdonadme, mi dolor no tiene por qué importaros lo más mínimo y os estoy importunando con algo que no os concierne en absoluto.

—Os equivocáis respecto al sentido de mis palabras; estoy por entero a vuestro servicio; sólo lamento mi impotencia para calmar vuestro pesar. Si mi compañía y la de mis amigos pueden distraeros, si en algún momento me necesitáis para lo que sea, quiero que sepáis bien que será un placer haberos ayudado.

—Perdón, perdón —me dijo—, el dolor exagera mis sensaciones. Dejadme que me quede algunos minutos más, el tiempo de enjugarme los ojos para que los curiosos de la calle no me miren como a un extraño niño grande que llora. Acabáis de hacerme muy feliz dándome este libro; no sabría cómo agradeceros lo que os debo.

—Concediéndome algo de vuestra amistad —le dije— y diciéndome la causa de vuestra pena. Uno se consuela contando lo que hace sufrir.

—Tenéis razón, pero hoy tengo mucha necesidad de llorar y no os diría más que palabras huecas. Un día compartiré con vos esta historia y veréis si tengo razón al extrañar a la pobre muchacha. Y ahora —añadió frotándose por última vez los ojos y mirándose en el espejo— decidme que no me encontráis demasiado estúpido y permitidme volver a veros.

La mirada de aquel hombre era buena y dulce; estaba a punto de abrazarle.

Sin embargo, sus ojos comenzaban de nuevo a velarse de lágrimas y al ver que yo me daba cuenta apartó su mirada de mí.

—Vamos —le dije—, ánimo.

—Adiós —me contestó él.

Y haciendo un esfuerzo inaudito para no llorar, más que salir, escapó de mi casa.

Yo alcé la cortina de mi ventana, y le vi subir de nuevo al cabriolé que le esperaba en la puerta, pero, apenas estuvo dentro, se echó a llorar y ocultó su rostro con un pañuelo.

V

Transcurrió bastante tiempo sin que oyese hablar de Armand, sin embargo, se hablaba a menudo de Marguerite.

No sé si lo han notado, pero basta que se pronuncie una vez el nombre de una persona que debería sernos desconocida o al menos indiferente para que poco a poco vayan juntándose detalles en torno a ese nombre y para que a partir de ese momento se oiga hablar a todo nuestro entorno de algo de lo que jamás se había hablado antes. Descubrimos entonces que esa persona estaba muy cerca, nos damos cuenta de que ha pasado muchas veces por vuestra vida sin ser notada; encontráis en los acontecimientos que os cuentan coincidencias y afinidades reales con ciertos momentos de nuestra propia vida. Indiscutiblemente yo no había estado con Marguerite ya que sólo la había visto y me había cruzado con ella y la conocía de cara y por sus costumbres. Sin embargo, desde aquella subasta, su nombre volvió con frecuencia a mis oídos, y en la circunstancia que he relatado en el anterior capítulo, ese nombre se había mezclado a un pesar tan profundo que pensaba en aquella muerta como si la hubiera conocido íntimamente.

Por ello, cuando me encontraba con amigos a los que nunca había hablado de Marguerite, les decía:

—¿Conocisteis a una mujer llamada Marguerite Gautier?

—¿La Dama de las Camelias?

—La misma.

—¡Mucho!

Esos «¡Mucho!» iban acompañados a veces de sonrisas incapaces de dejar duda alguna sobre su significación.

—Y bien, ¿quién era esa muchacha? —continuaba yo.

—Una buena mujerzuela.[1]

—¿Eso es todo?

—¡Dios mío! Sí, con más ingenio y tal vez un poco más de corazón que las demás.

—¿Y no sabéis nada de particular sobre ella?

—Arruinó al barón de G.

—¿Sólo eso?

—Fue amante del viejo duque de...

—¿Era su amante?

—Eso dicen; en cualquier caso, él le daba mucho dinero.

Siempre los mismos datos generales.

No obstante, me hubiera gustado saber algo más sobre la relación de Marguerite y Armand.

Un día encontré a uno de ésos que viven continuamente en la intimidad de las mujeres públicas. Le interrogué.

—¿Conocisteis a Marguerite Gautier?

Me respondió con el mismo *mucho*.

—Muchacha hermosa y buena. Su muerte me apenó mucho.

—¿No tuvo un amante llamado Armand Duval?

—¿Uno alto y rubio?

—Sí.

—Es cierto.

—¿Quién era ese Armand?

---

1 El término francés *fille* tiene, entre otros, los significados de 'muchacha', 'mujer joven', y también los de 'mujerzuela', 'ramera'. Téngase en cuenta a lo largo de la novela esta ambigüedad y doble sentido.

—Un muchacho que se fundió con ella lo poco que tenía, según creo, y que se vio obligado a dejarla. Dicen que se volvió loco.

—¿Y ella?

—También le amaba mucho, siempre, según dicen, pero como aman esas mujeres. No hay que pedirles más de lo que pueden dar.

—¿Qué ha sido de Armand?

—Lo ignoro. Le conocimos muy poco. Estuvo cinco o seis meses con Marguerite, pero en el campo. Cuando ella volvió, él se marchó.

—¿Y no habéis vuelto a verle después?

—Nunca.

Tampoco yo había vuelto a ver a Armand. Había llegado a preguntarme si cuando se había presentado en mi casa la noticia reciente de la muerte de Marguerite no había exagerado su amor de antaño y, por consiguiente, su dolor, y me decía que quizá había olvidado tanto a la fallecida como su promesa de volver a verme.

Esta suposición hubiera sido verosímil con cualquier otro, pero en la desesperación de Armand hubo un tono sincero; y al pasar de un extremo al otro me imaginaba que la pena se había convertido en enfermedad y que si no recibía noticias suyas era porque estaba enfermo y quizá muerto.

A mi pesar me interesaba por aquel joven. Quizá en este interés había egoísmo; quizá yo había entrevisto bajo este dolor una conmovedora historia de amor; quizá, por último, mi deseo de conocerla contribuyera mucho a la preocupación que sentía por el silencio de Armand.

Puesto que el señor Duval no venía a mi casa, decidí ir yo a la suya. El pretexto no era difícil de encontrar; por desgracia, no sabía sus señas y, de todos aquéllos a los que había preguntado, nadie había podido decírmelas.

Me dirigí a la calle d'Antin. Quizá el portero de Marguerite supiera dónde vivía Armand. El portero era nuevo. Lo ignoraba, como yo. Me informé entonces del cementerio en que había sido enterrada la señorita Gautier. Era el cementerio de Montmartre.

Abril había reaparecido, hacía buen tiempo, las tumbas ya no tendrían aquel aspecto doloroso y desolado que les da el invierno; por último, hacía bastante calor para que los vivos se acordasen de los muertos y les visitasen.

Me dirigí al cementerio diciéndome: «Con sólo mirar la tumba de Marguerite veré si el dolor de Armand todavía existe, y quizá sepa lo que ha sido de él».

Entré en la caseta del guarda y le pregunté si el 22 de febrero fue enterrada en el cementerio de Montmartre una mujer llamada Marguerite Gautier.

Aquel hombre hojeó un grueso libro donde están inscritos y numerados todos los que entran en este último asilo, y me respondió que, en efecto, el 22 de febrero, a mediodía, había sido enterrada una mujer con ese nombre.

Le pedí que me condujera a la tumba, porque sin cicerone no hay medio de orientarse en esa ciudad de muertos que tiene sus calles como la ciudad de los vivos. El guardián llamó a un jardinero a quien dio las indicaciones precisas y que le interrumpió diciendo:

— Lo sé, lo sé... La tumba es muy fácil de encontrar —continuó volviéndose hacia mí.

—¿Por qué? —le dije.

—Porque tiene flores muy distintas de las otras.

—¿Es usted quien la cuida?

—Sí, señor, y ya quisiera yo que todos los parientes tuvieran el mismo cuidado por los muertos que tiene el joven que me ha encargado de ésa.

Tras algunas vueltas, el jardinero se detuvo y me dijo:

—Ya estamos.

En efecto, ante mis ojos había una parcela de flores que jamás habría pasado por una tumba de no ser por el mármol blanco con un nombre que lo constataba.

El mármol estaba clavado en el suelo, una reja de hierro limitaba el terreno comprado que estaba cubierto de camelias blancas.

—¿Qué me dice de eso? —preguntó el jardinero.

—Es muy hermoso.

—Y cada vez que una camelia se marchita tengo orden de renovarla.

—¿Y quién os ha dado esa orden?

—Un joven que lloró mucho la primera vez que vino; un antiguo amigo de la muerta, sin duda, porque parece que ella era de vida alegre. Dicen que era muy bonita. ¿El señor la conoció?

—Sí.

—Como el otro —me dijo el jardinero con una sonrisa maliciosa.

—No, yo no hablé nunca con ella.

—¿Y venís a verla?; es muy amable de vuestra parte, porque no atestan el cementerio los que vienen a ver a esta pobre.

—¿No viene nadie?

—Nadie, excepto ese joven que vino una vez.

—¿Una sola vez?

—Sí, señor.

—¿Y no ha vuelto desde entonces?

—No, pero vendrá cuando regrese.

—¿Está de viaje?

—Sí.

—¿Y sabéis dónde?

—Creo que está en casa de la hermana de la señorita Gautier.

—¿Y qué hace allí?

—Fue a pedirle autorización para exhumar a la muerta y ponerla en otra parte.

—¿Por qué no quiere dejarla aquí?

—Ya sabéis que sobre los muertos cada cual tiene sus ideas. Nosotros lo vemos todos los días. Este terreno está comprado sólo por cinco años, y este joven quiere una concesión a perpetuidad y un terreno mayor; en el barrio nuevo estará mejor.

—¿A qué llamáis barrio nuevo?

—Los nuevos terrenos que se venden ahora, a la izquierda. Si el cementerio se hubiera cuidado como ahora, no habría otro igual en el mundo, pero todavía queda mucho por hacer para que todo quede como es debido. Además, las gentes son tan raras...

—¿Qué queréis decir?

—Quiero decir que hay gentes que incluso aquí son orgullosas. Así, esa señorita Gautier parece que se echó a la buena vida, y perdóneme la expresión. Ahora, la pobre señorita está muerta; y de ella queda lo mismo que de aquéllas de las que no se puede decir dada y a las que lloramos todos los días; pues bien, cuando los padres de las personas que están enterradas a su lado han sabido quién era, no se les ha ocurrido decir otra cosa que se opondrían a que la pusieran aquí y que debería haber terrenos aparte para esta clase de mujeres, como para los pobres. ¿Habrase visto? Bien los he calado: grandes rentistas que no vienen ni cuatro veces al año a visitar a sus difuntos, que traen ellos mismos sus flores, ¡y qué flores!, que consideran una cita visitar a aquéllos a los que dicen llorar, que escriben sobre sus tumbas lágrimas que nunca han derramado y que vienen a hacerse los difíciles con la vecindad. Quizá no me creáis, señor: yo no conocía a esta señorita, no sé qué hizo; pues bien, amo a esa pobre pequeña, y tengo cuidado de ella, y le pongo camelias a su precio más justo. Es mi muerta preferida. Nosotros, señor, nos vemos obligados a amar a los muertos, porque estamos tan ocupados que casi no tenemos tiempo de amar otra cosa.

Yo miraba a aquel hombre, y algunos de mis lectores comprenderán, sin que necesite explicárselo, la emoción que sentía al oírle.

Se dio cuenta, sin duda, porque continuó:

—Dicen que había gentes que se arruinaban por esta muchacha, y que tenía amantes que la adoraban; pues bien, cuando pienso que no hay ni uno que venga a comprarle aunque sólo sea una flor, eso sí que es curioso y triste. Y con todo, no debe quejarse, porque tiene su tumba, y, aunque sólo uno se acuerda de ella, hace las cosas por todos los demás. Pero también aquí tenemos pobres mujeres del mismo género y de la misma edad, que son tiradas a la fosa común, y me parte el corazón cuando oigo caer sus pobres cuerpos en la tierra. ¡Ni un ser que se ocupe de ellas, una vez que han muerto! No siempre es alegre el oficio que hacemos, sobre todo mientras nos queda algo de corazón. ¿Qué queréis? Es más fuerte que yo. Tengo una hermosa hija de veinte años, y cuando traen aquí una muerta de su edad pienso en ella, y, sea una gran dama o una vagabunda, no puedo dejar de conmoverme. Pero, sin duda, os aburro con mis historias, y no habéis venido aquí para escucharlas. Me han dicho que os lleve ante la tumba de la señorita Gautier, ya estáis en ella; ¿puedo hacer algo más por vos?

—¿Sabéis la dirección del señor Armand Duval? —le pregunté.

—Sí, vive en la calle de... Allí es al menos donde he ido a cobrar el precio de todas las flores que veis.

—Gracias, amigo mío.

Eché una última mirada sobre aquella tumba florida, cuyas profundidades hubiera querido, a pesar mío, sondear para ver lo que la tierra había hecho de la hermosa criatura que le habían arrojado, y me alejé muy triste.

—¿Acaso el señor quiere ver al señor Duval? —me preguntó el jardinero que caminaba a mi lado.

—Sí.

—Es que estoy completamente seguro de que todavía no ha vuelto, porque si no, le hubiera visto aquí.

—¿Estáis convencido de que no ha olvidado a Marguerite?

—No sólo estoy convencido, sino que apostaría a que su deseo de cambiarla de tumba no es más que el deseo de volver a verla.

—¿Y por qué?

—La primera frase que me dijo al venir al cementerio fue: «Qué podría hacer para volver a verla?». Sólo se podía hacer mediante el cambio de tumba y le informé de todas las formalidades que hay que cumplir para obtener ese cambio, porque ya sabéis que para transferir a los muertos de una tumba a otra hay que reconocerlos, y sólo la familia puede autorizar esa operación que debe presidir un comisario de policía. Para conseguir esa autorización, ha ido el señor Duval a casa de la hermana de la señorita Gautier, y su primera visita será evidentemente para nosotros.

Habíamos llegado a la puerta del cementerio; nuevamente le di las gracias al jardinero poniéndole algunas monedas en la mano y me encaminé a la dirección que me había dado.

Armand no había vuelto.

Dejé una nota en su casa, pidiéndole que fuera a verme cuando llegase o me dejase recado de dónde podría encontrarme con él.

Al día siguiente por la mañana recibí una carta de Duval que me informaba de su vuelta y me rogaba pasar por su casa, añadiendo que, agotado de fatiga, le era imposible salir.

VI

Encontré a Armand en la cama.

Al verme, me tendió su mano ardiente.

—Tenéis fiebre —le dije.

—No será nada, la fatiga de un viaje rápido, eso es todo.

—¿Venís de ver a la hermana de Marguerite?

—Sí, ¿quién os lo ha dicho?

—Lo sé; ¿habéis conseguido lo que queríais?

—Sí, pero ¿quién os ha informado del viaje y del motivo que tenía para hacerlo?

—El jardinero del cementerio.

—¿Habéis visto la tumba?

Apenas me atrevía a responder porque el tono de esa frase me probaba que quien me la había dicho seguía siendo presa de la emoción de que yo había sido testigo, y que cada vez que su pensamiento o la palabra de otro le remitiera a este doloroso tema, durante mucho tiempo aún esa emoción traicionaría su voluntad.

Me contenté, pues, con responder asintiendo con la cabeza.

—¿La ha cuidado bien? —continuó Armand.

Dos grandes lágrimas rodaron por las mejillas del enfermo, que volvió la cabeza para ocultármelas. Aparenté no verlas y traté de cambiar de conversación.

—Hace ya tres semanas que os marchasteis —le dije. Armand pasó la mano por sus ojos y me respondió:

—Tres semanas justas.

—Vuestro viaje ha sido largo.

—No siempre he estado de viaje, estuve enfermo quince días; si no, hubiera vuelto hace tiempo; pero nada más llegar se apoderó de mí la fiebre y me he visto obligado a guardar cama.

—Y habéis vuelto sin estar curado.

—Si me hubiera quedado ocho días más en esa región, me habría muerto.

—Pero ahora que estáis de vuelta, tenéis que cuidaros; vuestros amigos vendrán a veros. Yo, el primero, si me lo permitís.

—Dentro de dos horas me levantaré.

—¡Qué imprudencia!

—Es necesario.

—¿Qué tenéis que hacer tan urgente?

—Tengo que ver al comisario de policía.

—¿Por qué no encargáis a alguien esa misión que aún puede poneros más enfermo?

—Es lo único que puede curarme. Tengo que verla. Desde que supe de su muerte y sobre todo desde que he visto su tumba no duermo. No puedo imaginarme que esa mujer a la que dejé tan joven y tan bella haya muerto... Tengo que asegurarme por mí mismo. Tengo que ver lo que Dios ha hecho de ese ser que tanto he amado y quizá la repugnancia del espectáculo sustituya la desesperación del recuerdo; vos me acompañaréis, ¿verdad?... Si es que no os molesta demasiado.

—¿Qué os ha dicho su hermana?

—Nada. Parece que le sorprendió mucho que un extraño quisiera comprar un terreno y encargar una tumba para Marguerite, y me firmó enseguida la autorización que le pedía.

—Creedme, esperad para el traslado a estar completamente sano.

—Seré fuerte, estad tranquilo. Además, me volvería loco si no acabase cuanto antes con esta resolución cuyo cumplimiento se ha hecho necesario a mi dolor. Os juro que no podré estar tranquilo hasta haber visto a Marguerite. Quizá sea una sed de la fiebre que me quema, un sueño de mis insomnios, un resultado de mi delirio; pero, aunque tuviera que hacerme trapense, como el señor de Rancé, después de haber visto, veré.

—Lo comprendo —le dije a Armand— y estoy con vos; ¿habéis visto a Julie Duprat?

—Sí. La vi el mismo día de mi primer regreso.

—¿Os entregó los papeles que Marguerite le había dejado para vos?

—Aquí están.

Armand sacó un rollo de debajo de su almohada y volvió a dejarlo allí inmediatamente.

—Sé de memoria lo que estos papeles encierran —me dijo—. Desde hace tres semanas los he leído diez veces al día. También vos los leeréis, pero más tarde, cuando yo esté más tranquilo y cuando pueda haceros comprender todo lo que esta confesión revela de corazón y de amor. Ahora tengo que pediros un favor.

—¿Cuál?

—¿Tenéis un coche abajo?

—Sí.

—¿Queréis tomar mi pasaporte e ir a preguntar a lista de correos si hay cartas para mí? Mi padre y mi hermana han debido escribirme a París pero me marché con tanta precipitación que no tuve tiempo de comprobarlo antes de mi partida. Cuando volváis, iremos juntos a avisar al comisario de policía de la ceremonia de mañana.

Armand me entregó su pasaporte y me dirigí a la calle Jean-Jacques Rousseau.

Había allí dos cartas a nombre de Duval, las tomé y regresé.

Cuando llegué, Armand estaba vestido y dispuesto para salir.

—Gracias —me dijo tomando sus cartas.

—Sí —añadió tras haber mirado los sobres—, sí, son de mi padre y de mi hermana. No han debido comprender nada de mi silencio.

Abrió las cartas, las adivinó más que leyó, porque cada una tenía cuatro páginas, y al cabo de un instante ya las había plegado.

—Vamos —me dijo—, mañana contestaré.

Fuimos a la comisaría de policía; allí Armand entregó la procura de la hermana de Marguerite.

El comisario le dio a cambio una carta de aviso para el guardián del cementerio; se acordó que el traslado tendría lugar al día siguiente, a las diez de la mañana, que yo iría a buscarlo una hora antes y que juntos nos dirigiríamos al cementerio.

También yo sentía curiosidad por asistir a aquel espectáculo y confieso que no dormí durante la noche.

A juzgar por los pensamientos que me asaltaron, debió ser una noche larguísima para Armand.

Cuando al día siguiente a las nueve entré en su casa estaba horriblemente pálido, pero parecía tranquilo.

Me sonrió y me tendió la mano.

Sus candelas habían ardido hasta el cabo y antes de salir Armand tomó una carta muy gruesa, dirigida a su padre y confidente, sin duda, de sus impresiones de la noche.

Media hora después llegamos a Montmartre.

El comisario nos estaba esperando.

Nos dirigimos lentamente hacia la tumba de Marguerite. El comisario iba delante, Armand y yo le seguíamos a varios pasos.

De vez en cuando yo sentía estremecerse convulsivamente el brazo de mi compañero, como si de pronto le recorriesen escalofríos. Entonces le miraba; él comprendía mi mirada y me sonreía, pero desde que habíamos salido de su casa, no habíamos cambiado una palabra.

Poco antes de la tumba, Armand se detuvo para enjugarse el rostro inundado por gruesas gotas de sudor.

Aproveché aquel alto para respirar, porque hasta yo tenía el corazón atenazado como en un torno.

¿De dónde procede el doloroso placer que se apodera de uno en esta clase de espectáculos? Cuando llegamos a la tumba, el jardinero había retirado todos los tiestos de flores, la reja de hierro había sido retirada y dos hombres cavaban la tierra.

Armand se apoyó en un árbol y miró.

Toda su vida parecía haber pasado por sus ojos.

De pronto, una de las piquetas rechinó contra una piedra.

Ante el ruido, Armand retrocedió como ante una conmoción eléctrica y me apretó la mano con tal fuerza que me hizo daño.

Un sepulturero tomó una gran pala y vació poco a poco la fosa; luego, cuando no quedaron más que las piedras con que se cubre el ataúd, las fue quitando una a una.

Yo observaba a Armand temiendo a cada instante que las sensaciones que visiblemente concentraba le destrozasen, pero él seguía mirando con los ojos fijos y abiertos como presa de la locura, y un ligero temblor de las mejillas y los labios era lo único que probaba que era presa de una violenta crisis nerviosa.

Por lo que a mí se refiere, sólo puedo decir una cosa: que lamentaba haber ido.

Cuando el ataúd quedó totalmente descubierto, el comisario dijo a los sepultureros:

—Abrid.

Aquellos hombres obedecieron como si hubiera sido la cosa más simple del mundo.

El ataúd era de encina, y se pusieron a desatornillar la tabla superior que hacía de tapa. La humedad de la tierra había oxidado los tornillos y el ataúd logró ser abierto tras muchos esfuerzos. Un olor infecto exhaló de él, pese a las plantas aromáticas de que estaba sembrado.

—¡Oh, Dios mío, Dios mío! —murmuró Armand, y palideció más aún.

Los propios sepultureros retrocedieron.

Una gran mortaja blanca cubría el cadáver, cuyas sinuosidades dibujaba. Aquella mortaja estaba comida casi por completo por uno de los extremos y dejaba ver el pie de la muerta.

Yo estaba a punto de marearme y ahora que escribo estas líneas el recuerdo de la escena se me aparece aún en su imponente realidad.

—Démonos prisa —dijo el comisario.

Entonces uno de los dos hombres extendió la mano, se puso a descoser la mortaja y tomándola por el extremo descubrió bruscamente el rostro de Marguerite.

Era horrible de ver, es horrible de contar.

Los ojos no eran sino dos agujeros, los labios habían desaparecido y los dientes blancos estaban apretados entre sí. Los largos cabellos negros y secos estaban pegados a las sienes y ocultaban algo las cavidades verdes de las mejillas; y, sin embargo, en aquel rostro yo reconocía el rostro blanco, rosa y jovial que tan a menudo había visto. Sin poder apartar su mirada de aquella figura, Armand se había llevado su pañuelo a la boca y lo mordía.

En cuanto a mí, me pareció que un círculo de fuego oprimía mi cabeza; un velo cubría mis ojos, mis oídos se llenaron de zumbidos y todo cuanto pude hacer fue abrir un frasco que había llevado por si acaso y respirar fuertemente las sales que contenía.

En medio de aquella turbación oí al comisario decir al señor Duval:

—¿La reconocéis?

—Sí —respondió sordamente el joven.

—Entonces cerrad y lleváosla —dijo el comisario.

Los sepultureros echaron la mortaja sobre el resto de la muerta, cerraron el ataúd, lo asieron cada uno por un extremo y se dirigieron hacia el lugar que se les había designado.

Armand no se movía. Sus ojos estaban clavados en aquella fosa vacía; estaba pálido como el cadáver que acabábamos de ver... Parecía estar petrificado.

Comprendí lo que iba a ocurrir cuando el dolor disminuyese con la ausencia del espectáculo y, por consiguiente, no pudiera soportarlo.

Me acerqué al comisario.

—¿Sigue siendo necesaria la presencia del señor? —le dije señalando a Armand.

—No —me dijo—, e incluso os aconsejo que os lo llevéis, porque parece enfermo.

—Venid —le dije entonces a Armand tomándolo del brazo.

—¿Cómo? —dijo mirándome como si no me reconociese.

—Ha terminado —añadí—, tenéis que venir, amigo mío, estáis pálido, tenéis frío, os mataréis con estas emociones.

—Tenéis razón, vayamos —respondió maquinalmente aunque sin dar un paso.

Entonces lo tomé del brazo y me lo llevé.

Él se dejaba guiar como un niño, murmurando sólo de vez en cuando:

—¿Habéis visto los ojos?

Y se volvía como si esta visión le hubiera llamado.

Sin embargo, su paso se volvió convulso; parecía avanzar sólo a sacudidas; sus dientes castañeteaban, sus manos estaban frías, una violenta agitación nerviosa se apoderaba de toda su persona.

Yo le hablaba, él no me respondía.

Todo lo que podía hacer era dejarse llevar.

A la puerta encontramos un coche. Justo a tiempo.

Apenas se hubo sentado en él, el escalofrío aumentó y tuvo un verdadero ataque de nervios, en medio del cual el temor de asustarme le hacía murmurar, oprimiéndome la mano:

—No es nada, no es nada, quisiera llorar.

Y yo oía su pecho henchirse y la sangre subía a sus ojos pero las lágrimas no acudían.

Le hice respirar el frasco que me había servido a mí y cuando llegamos a su casa, sólo se manifestaban los escalofríos.

Con ayuda del criado lo acosté, mandé encender un gran fuego en su habitación y corrí a buscar a mi médico, a quien conté lo que acababa de pasar y vino corriendo.

Armand estaba de color púrpura, deliraba, balbucía palabras sin sentido entre las que sólo el nombre de Marguerite se dejaba oír con nitidez.

—¿Y bien? —pregunté al doctor cuando hubo examinado al enfermo.

—Tiene una fiebre cerebral, ni más ni menos, y es muy afortunado, porque creo que habría enloquecido, Dios me perdone. Afortunadamente la enfermedad física matará la enfermedad mental y en un mes quizá se salve de una y de otra.

VII

Enfermedades como la que se había apoderado de Armand tienen de positivo que matan de golpe o se dejan vencer muy pronto.

Quince días después de lo que acabo de relatar, Armand estaba en plena convalecencia y a ambos ya nos unía una estrecha amistad. Apenas abandoné su habitación mientras duró su enfermedad.

La primavera había sembrado profusamente sus flores, sus hojas, sus pájaros, sus canciones, y la ventana de mi amigo se abría alegremente sobre su jardín, cuyas saludables emanaciones subían hasta él.

El médico le había permitido levantarse, y a veces nos quedábamos hablando, sentados junto a la ventana abierta a la hora en que el sol es más cálido, desde mediodía hasta las dos.

Me guardaba mucho de hablarle de Marguerite, temiendo siempre que ese nombre despertara un triste recuerdo adormecido bajo la calma aparente del enfermo, pero Armand, por el contrario, parecía recrearse hablando de ella, ya no como antes, con lágrimas en los ojos, sino con una dulce sonrisa que me tranquilizaba sobre el estado de su alma.

Había observado que desde su última visita al cementerio, desde el espectáculo que había provocado en él aquella crisis violenta, la medida del dolor mental parecía colmada por la enfermedad y que la muerte de Marguerite ya no aparecía ante él bajo el aspecto del pasado. Una especie de consuelo había resultado de la certidumbre adquirida, y para desterrar la imagen sombría que a menudo se imaginaba, se sumía en los recuerdos felices de su relación con Marguerite y daba la impresión de no querer aceptar otros.

El cuerpo estaba demasiado agotado por el golpe, e incluso por la curación de la fiebre, para permitir al espíritu una emoción violenta, y la alegría primaveral y universal de la que Armand se hallaba rodeado llevaba, a su pesar, su pensamiento hacia imágenes alegres.

Siempre se había negado con obstinación a contar a su familia el peligro que corría y cuando ya estaba a salvo su padre ignoraba aún su enfermedad.

Un atardecer nos habíamos quedado en la ventana más rato que de costumbre; el tiempo era magnífico y el sol se adormecía en un crepúsculo deslumbrante de azur y de oro. Aunque estábamos en París, el verdor que nos rodeaba parecía aislarnos del mundo, y apenas si de vez en cuando el ruido de un coche turbaba nuestra conversación.

—Aproximadamente en esta época del año y en la noche de un día como éste conocí a Marguerite —me dijo Armand escuchando sus propios pensamientos, y no lo que yo le decía.

Yo no respondí nada.

Entonces se volvió hacia mí y me dijo:

—Sin embargo, es preciso que os cuente esta historia; haréis con ella un libro que nadie creerá pero que quizá sea interesante hacer.

—Ya me contaréis eso más tarde, amigo mío —le dije—, todavía no estáis restablecido del todo.

—La noche es cálida, he comido mi pechuga de pollo —me dijo sonriente—; no tengo fiebre, no tenemos nada que hacer, voy a contaros todo.

—Si así lo queréis, os escucho.

—Sí —empezó Armand dejando caer su cabeza en el respaldo de su sillón—, sí, fue en una noche como ésta. Había pasado el día en el campo, con uno de mis amigos, Gaston R. Por la noche habíamos vuelto a París y sin saber qué hacer nos metimos en el Teatro de Variedades.

Durante un entreacto salimos y en el pasillo vimos pasar a una mujer alta a la que mi amigo saludó.

—¿A quién saludáis? —le pregunté.

—A Marguerite Gautier —me dijo.

—Me parece que ha cambiado mucho, porque no la he reconocido —dije con una emoción que comprenderéis enseguida.

—Ha estado enferma; la pobre chica no llegará muy lejos.

Recuerdo estas palabras como si me las hubiera dicho ayer.

Tenéis que saber, amigo mío, que desde hacía dos años la vista de aquella mujer, cuando la encontraba, me causaba una impresión extraña.

Sin que supiera por qué, palidecía y mi corazón palpitaba violentamente. Tengo un amigo que se ocupa de ciencias ocultas y que llamaría a lo que yo experimentaba *afinidad de los fluidos;* creo simplemente que estaba destinado a enamorarme de Marguerite y que lo presentía.

Lo único cierto es que causaba en mí una impresión real, que varios amigos habían sido testigos de ella, y que se habían reído mucho al ver quién provocaba esta impresión.

La primera vez que la vi fue en la plaza de la Bourse, en la puerta de Susse. Había una calesa descubierta parada y una mujer vestida de blanco bajaba de ella. Un murmullo de admiración había acogido su entrada en la tienda. Yo me quedé clavado en mi sitio desde el momento en que entró hasta el momento en que salió. A través de los cristales la miraba escoger en la tienda lo que iba a comprar. Habría podido entrar, pero no me atreví. No sabía quién era aquella mujer y temía que adivinase el motivo de mi entrada en el almacén y se ofendiera. Sin embargo, no me creía destinado a volverla a ver.

Iba elegantemente vestida; llevaba un vestido de muselina todo rodeado de volantes, un chal de la India cuadrado, de puntas bordadas de oro y flores de seda, un sombrero de paja de Italia y un solo brazalete: una gran cadena de oro que entonces se estaba poniendo de moda.

Volvió a subir a su calesa y se marchó.

Uno de los mozos del almacén se quedó en la puerta siguiendo con la mirada el coche de la elegante compradora. Me acerqué a él y le rogué que me dijera el nombre de aquella mujer.

—Es la señorita Gautier —me respondió.

No me atreví a preguntarle la dirección, y me alejé.

El recuerdo de esta visión, porque había sido una verdadera visión, no se apartaba de mi espíritu como muchas otras visiones que ya había tenido, y en todas partes buscaba a aquella mujer blanca tan regiamente hermosa.

Algunos días más tarde tuvo lugar en la Ópera Cómica una gran representación a la que acudí. La primera persona que vi en un palco de proscenio de la galería fue Marguerite Gautier.

El joven con quien estaba la reconoció, porque me dijo nombrándola:

—Mirad esa hermosa mujer.

En aquel momento Marguerite apuntaba sus anteojos hacia nosotros, vio a mi amigo, le sonrió y le hizo una seña para que fuera a visitarla.

—Voy a saludarla —me dijo— y vuelvo ahora mismo.

No pude dejar de decirle:

—¡Qué afortunado sois!

—¿Por qué?

—Por ir a ver a esa mujer.

—¿Estáis enamorado de ella?

—No —dije ruborizado porque no sabía a qué atenerme al respecto—, pero me gustaría conocerla.

—Venid conmigo, os la presentaré.

—Pedidle permiso primero.

—¡Qué va, con ella no hay necesidad de preocuparse! Venid.

Lo que me decía me causaba pena. Estaba temblando al adquirir la certeza de que Marguerite no merecía lo que yo sentía por ella.

En un libro de Alphonse Karr titulado *Am Rauchen,* hay un hombre que sigue por la noche a una mujer elegantísima de la que se ha enamorado nada más verla de tan hermosa que es. Por besar la mano de esa mujer se siente con fuerzas para emprender todo, con voluntad para conquistar todo, con ánimo para hacer todo. Apenas si se atreve a mirar los tobillos que la coqueta enseña para no manchar su vestido al contacto de la tierra. Cuando está soñando con todo lo que haría por poseer a esa mujer, ella le para en la esquina de una calle y le pregunta si quiere subir a su casa.

Él desvía la cabeza, cruza la calle y vuelve completamente entristecido a su casa.

Me acordaba de este apunte, y yo, que hubiera querido sufrir por aquella mujer, temía que me aceptara demasiado deprisa y me diese con demasiada presteza un amor que me hubiera gustado pagar con una larga espera o con un gran sacrificio. Nosotros los hombres somos así; y es una gran suerte que la imaginación deje esta poesía a los sentidos y que los deseos del cuerpo hagan esta concesión a los sueños del alma.

En fin, si me hubieran dicho: «Tendréis a esa mujer esta noche, y mañana moriréis», habría aceptado. Si me hubieran dicho: «Dad diez luises y seréis su amante», lo habría rechazado y habría llorado, como un niño que ve desvanecerse al despertar el castillo vislumbrado en la noche.

Sin embargo, quería conocerla; era un medio, el único incluso, de saber a qué atenerme con ella.

Dije por tanto a mi amigo que esperaba a que ella le concediera permiso para presentarme, y estuve dando vueltas por los pasillos pensando que, a partir de ese momento, ella iba a verme y que yo no sabría qué actitud tomar ante su mirada.

Trataba de hilvanar de antemano las palabras que iba a decirle.

¡Qué sublime infantilismo el del amor!

Un instante después volvió a bajar mi amigo.

—Nos espera —me dijo.

—¿Está sola? —pregunté.

—Con otra mujer.

—¿No hay hombres?

—No.

—Vamos.

Mi amigo se dirigió hacia la puerta del teatro.

—Pero si no es por ahí —le dije.

—Vamos a buscar dulces. Me los han pedido.

Entramos en una pastelería del pasaje de la Ópera. Hubiera querido comprar toda la tienda y miraba incluso con qué podía prepararle una bolsa cuando mi amigo pidió:

—Una libra de uvas escarchadas.

—¿Sabéis si le gustan?

—Todo el mundo sabe que no come otra clase de dulces.

—¡Ah! —prosiguió cuando hubimos salido —, ¿sabéis qué clase de mujer os presento? No penséis que es una duquesa, es simplemente una mantenida, la mujer más mantenida que existe, querido: no os preocupéis y decid cuanto se os pase por la cabeza.

—Bien, bien —balbucía yo —, y le seguí diciéndome que iba a curarme de mi pasión.

Cuando entré en el palco, Marguerite reía a carcajadas. Me habría gustado que estuviera triste.

Mi amigo me presentó. Marguerite me hizo una ligera inclinación de cabeza y dijo:

—¿Y mis dulces?

—Aquí están.

Al tomarlos me miró. Yo bajé los ojos, me ruboricé.

Ella se inclinó al oído de su vecina, le dijo algunas palabras en voz baja y las dos se echaron a reír a carcajadas.

Desde luego, yo era el motivo de aquella hilaridad; mi azoramiento aumentó. En aquella época yo tenía por amante a una pequeña burguesa muy tierna y sentimental, cuyo afecto y cartas melancólicas me producían risa. Comprendí el mal que había debido hacerle con lo que yo sentía y durante cinco minutos la amé como nunca ha sido amada una mujer.

Marguerite comía sus uvas sin hacerme caso.

Mi introductor no quiso dejarme en aquella posición ridícula.

—Marguerite —dijo—, no debéis extrañaros de que el señor Duval no os diga nada, le imponéis de tal forma que no encuentra palabras.

—Creo más bien que el señor os ha acompañado porque os molestaba venir solo.

—Si fuera verdad —dije yo—, no hubiera rogado a Ernest pediros permiso para presentarme.

—Quizá no fuera más que un medio de retrasar el momento fatal.

A poco que uno haya vivido con mujeres como Marguerite, sabe el placer que éstas sienten en dárselas de ingeniosas porque sí y en provocar a quienes ven por primera vez. Se trata, sin duda, de una revancha por las humillaciones que a menudo se ven obligadas a sufrir por parte de aquéllos a quienes ven todos los días.

Por eso, para responderles se necesita cierto hábito en su mundo, hábito que yo no tenía; además, la idea que yo me había hecho de Marguerite exageró su burla. Nada que viniese de aquella mujer me resultaba indiferente. Así que me levanté y con un tono de voz alterado que no pude disimular dije:

—Si es eso lo que de mí pensáis, señora, no me queda más que pediros perdón por mi indiscreción, y despedirme de vos asegurándoos que no se volverá a repetir.

Tras esto, saludé y salí.

Apenas hube cerrado la puerta cuando oí una tercera carcajada. Me hubiera gustado que en ese momento alguien estuviera a mi lado.

Volví a mi luneta.

Avisaron que el telón iba a levantarse.

Ernest volvió a mi lado.

—¿Qué habéis hecho? —me dijo al sentarse—; os creen loco.

—¿Qué ha dicho Marguerite cuando me he marchado?

—Se ha reído y me ha asegurado que nunca había visto nada tan extraño como vos. Pero no tenéis que daros por vencido; sólo que no otorguéis a esas mujeres el honor de tomaros en serio. No saben lo que es la elegancia ni la cortesía; son como los perros a los que ponen perfumes: les parece que huelen mal y van a revolcarse al arroyo.

—Después de todo, ¿qué me importa? —dije yo tratando de adoptar un tono desenvuelto—; jamás volveré a ver a esa mujer, y si antes me agradaba conocerla, todo ha cambiado ahora que la conozco.

—¡Bah!, no pierdo la esperanza de veros un día en el fondo de su palco y de oír decir que os arruináis por ella. Por lo demás, tenéis razón, está mal educada, pero es una hermosa amante para poseerla.

Afortunadamente, se alzó el telón y mi amigo se calló. Me sería imposible deciros qué representaban. Lo único que recuerdo es que de vez en cuando alzaba los ojos hacia el palco que tan bruscamente había dejado y que a cada momento nuevas figuras de visitantes se sucedían en él.

Sin embargo, estaba lejos de pensar sólo en Marguerite. Otro sentimiento se apoderaba de mí. Me parecía que tenía que hacer olvidar su insulto y mi ridículo; me decía que, aunque tuviera que gastar cuanto poseía, tendría aquella mujer y tomaría por derecho el puesto que tan rápidamente había abandonado.

Antes de que concluyese el espectáculo Marguerite y su amiga dejaron su palco.

A pesar mío, abandoné mi luneta.

—¿Os vais? —me dijo Ernest.

—Sí.

—¿Por qué?

En aquel momento él se dio cuenta de que el palco estaba vacío.

—Id, id —dijo —, y buena suerte, o mejor dicho, mejor suerte.

Salí.

Oí en la escalera roce de vestidos y rumores de voces. Me puse a un lado y, sin ser visto, observé a las dos mujeres pasar y a los dos jóvenes que las acompañaban.

Bajo el peristilo del teatro se presentó ante ellas un pequeño criado.

—Vete a decirle al cochero que espere a la puerta del café Anglais—le dijo Marguerite—, nosotras iremos a pie hasta allí.

Algunos minutos después, merodeando por el bulevar, vi en una ventana de uno de los grandes gabinetes del restaurante a Marguerite apoyada en el salón, deshojando una a una las camelias de su ramillete.

Uno de los dos hombres estaba inclinado sobre su hombro y le hablaba en voz baja.

Fui a apostarme en la Maison d'Or, en los salones del primer piso, y no perdí de vista la ventana en cuestión.

A la una de la mañana Marguerite subió a su coche con sus tres amigos.

Yo tomé un cabriolé y lo seguí.

El coche se detuvo en el número 9 de la calle d'Antin. Marguerite se bajó y entró sola en casa.

Era, sin duda, una casualidad, pero aquella casualidad me hizo muy feliz.

A partir de aquel día encontré con frecuencia a Marguerite en el teatro, en los Campos Elíseos. Siempre la misma alegría en ella, siempre la misma emoción en mí.

Sin embargo, pasaron quince días sin que volviese a verla en ninguna parte. Me encontré con Gaston, a quien pedí noticias suyas.

—La pobre mujer está muy enferma —me respondió—.

—¿Qué tiene?

—Tiene que padece del pecho y que, como ha hecho una vida que no está destinada a curarla, está en cama y se muere.

El corazón es extraño; me sentí casi contento de aquella enfermedad. Enferma, ya no pertenecía a nadie.

Iba todos los días a saber noticias de la enferma, sin inscribirme ni dejar mi tarjeta. Supe así de su convalecencia y de su salida hacia Bagnères.

Luego transcurrió el tiempo; la impresión, si no el recuerdo, pareció borrarse poco a poco de mi espíritu. Viajes, relaciones, costumbres y trabajos ocuparon el sitio de aquel pensamiento, y cuando pensaba en aquella primera aventura, no quería ver en ella más que una de esas pasiones que se tienen cuando uno es muy joven, y de la que uno se ríe poco tiempo después.

Por lo demás, no habría tenido mérito triunfando sobre aquel recuerdo, porque había perdido de vista a Marguerite desde su partida, y como os he dicho, cuando pasó a mi lado, en el pasillo del Variedades, no la reconocí.

Cierto que llevaba velo, pero, por más velo que llevase, dos años antes no habría necesitado verla para reconocerla: la habría adivinado.

Esto no impidió que mi corazón palpitase cuando supe quién era, y los dos años pasados sin verla y los resultados que esta separación habían parecido producir se desvanecieron en la misma humareda con el solo roce de su vestido.

VIII

Sin embargo —continuó Armand tras una pausa—, aun comprendiendo que seguía enamorado, me sentía más fuerte que en otro tiempo, y en mi deseo de encontrarme con Marguerite había también la voluntad de hacerle ver que me había vuelto superior a ella.

¡Cuántos caminos toma y cuántas razones se da el corazón para llegar a lo que quiere!

Por eso no pude permanecer más tiempo en los pasillos y volví para ocupar mi sitio en la orquesta, lanzando una ojeada rápida por la sala para ver en qué palco se encontraba.

Estaba en el proscenio del piso bajo y completamente sola. Había cambiado, como os he dicho, ya no encontraba en su boca su sonrisa indiferente. Había sufrido, todavía sufría.

Aunque ya era abril, estaba vestida todavía de invierno, completamente cubierta de terciopelo.

La miraba tan obstinadamente que mi mirada atrajo la suya.

Me consideró unos instantes, usó sus anteojos para verme mejor y creyó reconocerme sin duda, sin poder decir positivamente quién era yo, porque, cuando volvió a dejar sus anteojos, una sonrisa, ese encantador saludo de las mujeres, vagó por sus labios, para responder al saludo que parecía esperar de mí; pero yo no respondí, como para quedar por encima de ella y aparentar haber olvidado mientras que ella se acordaba.

Creyó equivocarse y desvió la cabeza.

Se alzó el telón.

He visto muchas veces a Marguerite en el teatro y jamás la vi prestar la menor atención a lo que se representaba.

En cuanto a mí, el espectáculo también me interesaba muy poco, y sólo me preocupaba de ella, pero haciendo todos mis esfuerzos para que no se diese cuenta.

Así, la vi intercambiar miradas con la persona que ocupaba el palco frente al suyo; dirigí la mirada hacia allí y reconocí en él a una mujer con quien yo tenía bastante trato.

Aquella mujer era una antigua mantenida, que había tratado de entrar en el teatro, que no lo había logrado y que, contando con sus relaciones con los elegantes de París, se había metido en el comercio y había montado una tienda de modas.

Vi en ella un medio de encontrarme con Marguerite, y aproveché un momento en que miraba hacia mi lado para decirle buenas noches con la mano y los ojos.

Lo que había previsto, ocurrió: me llamó a su palco.

Prudence Duvernoy, que ése era el feliz nombre de la modista, era una de esas mujeres gordas de cuarenta años con las que no se necesita gran diplomacia para hacerles decir lo que se quiere saber, sobre todo cuando lo que se quiere saber es tan simple como lo que yo tenía que preguntarle.

Aproveché un momento en que volvía a iniciar sus correspondencias con Marguerite para decirle:

—¿A quién miráis así?

—A Marguerite Gautier.

—¿La conocéis?

—Sí, soy su modista, y es vecina mía.

—¿Vivís, pues, en la calle d'Antin?

—En el número 7. La ventana de su tocador da a la ventana del mío.

—Dicen que es una mujer encantadora.

—¿No la conocéis?

—No, pero me gustaría conocerla.

—¿Queréis que le diga que venga a nuestro palco?

—No, prefiero que me presentéis a ella.

—¿En su casa?

—Sí.

—Es más difícil.

—¿Por qué?

—Porque está protegida por un viejo duque muy celoso.

—«Protegida» es encantador.

—Sí, protegida —prosiguió Prudence—. El pobre viejo pasaría muchos apuros para ser otra cosa que un protector y de los más platónicos.

Prudence me contó entonces cómo Marguerite había conocido al duque en Bagnères.

—¿Está sola aquí por eso? —continué yo.

—Exacto.

—Mas ¿quién la acompañará a casa?

—Él.

—¿Vendrá a por ella?

—Dentro de un momento.

—Y a vos, ¿quién os acompaña?

—Nadie.

—Yo me ofrezco.

—Pero según creo estáis con un amigo.

—Entonces nos ofrecemos los dos.

—¿Quién es vuestro amigo?

—Un muchacho encantador, muy ingenioso, y que estaría encantado de conoceros.

—Pues de acuerdo, partiremos los cuatro tras esta pieza, porque ya conozco la última.

—Bueno, voy a avisar a mi amigo.

—Id.

—Ah —me dijo Prudence en el momento en que yo iba a salir—, ahí tenéis al duque entrando en el palco de Marguerite.

Yo miré.

Un hombre de setenta años acababa de sentarse, en efecto, detrás de la joven y le entregaba una bolsa de dulces en la que ella metió la mano sonriendo, luego la alargó hacia la delantera de su palco haciendo a Prudence un signo que podía traducirse como:

—¿Queréis?

—No —dijo Prudence.

Marguerite tomó de nuevo la bolsita y volviéndose se puso a hablar con el duque.

El resto de todos estos detalles parece puerilidad, pero todo lo que tenía relación con esta mujer está tan presente en mi memoria que no puedo dejar de recordarlo hoy.

Bajé a avisar a Gaston de lo que acababa de concertar para él y para mí.

Aceptó.

Salimos de nuestras lunetas para subir al palco de la señora Duvernoy.

Apenas habíamos abierto la puerta de las orquestas cuando nos vimos obligados a detenernos para dejar pasar a Marguerite y al duque, que se iban.

Hubiera dado diez años de mi vida para estar en el lugar de aquel buen anciano.

Llegados al bulevar, la hizo tomar asiento en un faetón que él mismo conducía, y desaparecieron al trote de dos soberbios caballos.

Nosotros entramos en el palco de Prudence.

Cuando la pieza hubo terminado, bajamos para tomar un simple coche de plaza que nos llevó al número 7 de la calle d'Antin. En la puerta de su casa, Prudence nos ofreció subir para enseñarnos sus almacenes, que no conocíamos y de los que parecía estar muy orgullosa. Imaginad con qué diligencia acepté.

Me parecía que poco a poco me acercaba a Marguerite. No tardé mucho en hacer girar la conversación en torno a ella.

—¿Y el anciano duque está en casa de vuestra vecina? —le pregunté a Prudence.

—No, debe estar sola.

—Pues se aburrirá horriblemente —dijo Gaston.

—Pasamos casi todas nuestras veladas juntas, o cuando vuelve me llama. No se acuesta antes de las dos de la mañana. No puede dormirse antes.

—¿Por qué?

—Porque está enferma del pecho y casi siempre tiene fiebre.

—¿No tiene amantes? —pregunté yo.

—No veo que se quede nadie nunca cuando yo me voy, pero no respondo de que no venga nadie una vez que yo me he marchado; a menudo encuentro en su casa por la noche a un tal conde de N. que cree que sus intereses van bien haciendo sus visitas a las once y enviándole todas las joyas que ella quiere, pero no puede verle ni en pintura. Ella se equivoca, es un muchacho muy rico. Por más que le digo de vez en cuando: «Querida niña, es el hombre que necesitáis», ella, que por regla general me hace caso, me vuelve la espalda y me responde que es demasiado imbécil. Que sea imbécil lo admito; pero para ella sería una seguridad, mientras que ese viejo duque puede morir un día cualquiera. Los viejos son egoístas; su familia le reprocha constantemente su afecto por Marguerite: son ésas dos razones para que no le deje nada. Yo la sermoneo y ella me responde que siempre tendrá tiempo de quedarse con el conde a la muerte del duque.

—No siempre es divertido —continuó Prudence— vivir como ella vive. De sobra sé que a mí no me iría y que pronto mandaría a paseo al buen señor. Ese viejo es insípido, la llama hija, tiene con ella cuidados como con una niña y va siempre detrás. Estoy segura de que a esta hora uno de sus criados merodea en la calle para ver quién sale y sobre todo quién entra.

—¡Pobre Marguerite! —dijo Gaston sentándose al piano y tocando un vals— No sabía nada de eso. Sin embargo, desde hace tiempo me parecía menos alegre.

—¡Chis! —dijo Prudence prestando atención.

Gaston se detuvo.

—Creo que me llama.

Escuchamos.

En efecto, una voz llamaba a Prudence.

—Vamos, señores, vamos —nos dijo la señora Duvernoy.

—¿Así es como entendéis la hospitalidad? —dijo Gaston riendo—. Nos iremos cuando nos parezca.

—¿Por qué habríamos de irnos?

—Voy a casa de Marguerite.

—Nosotros esperaremos.

—No puede ser.

—Entonces iremos con vos.

—Menos aún.

—Yo conozco a Marguerite —dijo Gaston—, bien puedo ir a visitarla.

—Pero Armand no la conoce.

—Yo le presentaré.

—Es imposible.

Oímos de nuevo la voz de Marguerite que seguía llamando a Prudence. Ésta corrió a su tocador. Yo la seguí hasta allí con Gaston.

Ella abrió la ventana.

Nos ocultamos de forma que no pudiéramos ser vistos desde fuera.

—Hace diez minutos que os llamo —dijo Marguerite desde su ventana y en un tono casi imperioso.

—¿Qué queréis?

—Quiero que vengáis inmediatamente.

—¿Por qué?

—Porque el conde de N. está todavía aquí y me aburre hasta matarme.

—Ahora no puedo.

—¿Quién os lo impide?

—Tengo en mi casa a dos jóvenes que no quieren marcharse.

—Decidles que tenéis que salir.

—Ya se lo he dicho.

—Pues bien, dejadlos en vuestra casa; cuando vean que habéis salido se marcharán.

—Después de haber dejado todo patas arriba.

—Pero ¿qué es lo que quieren?

—Quieren veros.

—¿Cómo se llaman?

—Conocéis a uno, el señor Gaston R.

—Ah, sí, le conozco; ¿y el otro?

—El señor Armand Duval. ¿No le conocéis?

—No, pero que vengan, prefiero cualquier cosa al conde. Os espero, venid pronto.

Marguerite cerró su ventana, Prudence la suya.

Marguerite, que por un instante se había acordado de mi rostro, no recordaba mi nombre. Hubiera preferido un recuerdo en desventaja mía que aquel olvido.

—Estaba seguro de que le encantaría vernos —dijo Gaston.

—Encantar no es la palabra —respondió Prudence tomando su chal y su sombrero—, os recibe para hacer que el conde se marche. Tratad de ser más amables que él o, y yo conozco a Marguerite, se enfadará conmigo.

Seguimos a Prudence mientras bajaba.

Yo estaba temblando; me parecía que aquella visita iba a tener gran influencia sobre mi vida.

Estaba aún más emocionado que la noche de mi presentación en el palco de la Ópera Cómica.

Al llegar a la puerta del piso del que ya os he hablado, el corazón me palpitaba con tanta fuerza que las ideas se me escapaban.

Prudence llamó.

Calló el piano.

Una mujer que más parecía una dama de compañía que una doncella vino a abrirnos.

Pasamos al salón, del salón, al gabinete, que en aquella época era el que ya habéis visto.

Contra una chimenea se apoyaba un joven.

Marguerite, sentada ante su piano, deslizaba sus dedos sobre las teclas y comenzaba piezas que no acababa.

El aspecto de aquella escena era el hastío, que para el hombre resultaba del azoramiento de su nulidad, para la mujer, de la visita de aquel lúgubre personaje.

A la voz de Prudence, Marguerite se levantó y dirigiéndose hacia nosotros, tras haber intercambiado una mirada de agradecimiento con la señora Duvernoy, nos dijo:

—Entrad, caballeros y sed bienvenidos.

—Buenas noches, mi querido Gaston —le dijo Marguerite a mi acompañante—, estoy encantada de veros. ¿Por qué no habéis venido a mi palco en el Variedades?

—Temía ser indiscreto.

—Los *amigos* —y Marguerite recalcó esta palabra como si quisiera hacer comprender a quienes estaban allí que, pese a la forma familiar en que lo acogía, Gaston no era ni había sido más que un amigo— nunca son indiscretos.

—Entonces, ¿me permitís que os presente al señor Armand Duval?

—Ya había autorizado a Prudence a hacerlo.

—Además, señora —dije yo entonces inclinándome y consiguiendo emitir sonidos más o menos inteligibles—, ya he tenido el honor de seros presentado.

La encantadora mirada de Marguerite pareció buscar en sus recuerdos, pero no se acordó, o no pareció acordarse.

—Señora —continué—, os agradezco que hayáis olvidado esa primera presentación, porque fui ridículo y debí pareceros fastidioso. Fue hace dos años en la Ópera Cómica; yo estaba con Ernest de...

—¡Ah, ya me acuerdo! —continuó Marguerite con una sonrisa—. No fuisteis vos el ridículo, sino yo, que fui guasona, como todavía lo soy un poco, pero menos. ¿Me habéis perdonado, señor?

Y me tendió su mano, que yo besé.

—Es cierto —continuó ella—. Figuraos que tengo la mala costumbre de querer poner en apuros a las personas que veo por primera vez. Es muy estúpido. Mi médico me dice que es porque soy nerviosa y siempre estoy delicada. Creed a mi médico.

—Pero parecéis estar muy bien.

—He estado muy enferma.

—Lo sé.

—¿Quién os lo ha dicho?

—Todo el mundo lo sabía; a menudo he venido a informarme de vuestro estado de salud, y he sabido con placer de vuestra convalecencia.

—No me han dado nunca vuestra tarjeta.

—Nunca la he dejado.

—¿Seréis vos el joven que venía todos los días a saber de mí durante mi enfermedad y que nunca quiso decir su nombre?

—Soy yo.

—Entonces sois mucho más que indulgente, sois generoso. Vos, conde, no habríais hecho eso —añadió volviéndose hacia el señor de N., y tras haberme lanzado una de esas miradas con las que las mujeres completan su opinión sobre un hombre.

—Sólo os conozco desde hace dos meses —contestó el conde.

—Pues el señor no me conoce más que desde hace cinco minutos. Vos siempre respondéis tonterías.

Las mujeres son despiadadas con aquéllos a quienes no aman.

El conde se ruborizó y se mordió los labios.

Sentí pena por él porque parecía estar enamorado como yo, y la dura franqueza de Marguerite debía hacerle muy desgraciado, sobre todo en presencia de dos extraños.

—Estabais tocando cuando hemos entrado —dije entonces para cambiar de conversación—; ¿me haríais el favor de tratarme como a un viejo amigo y continuar tocando?

—¡Oh! —dijo ella echándose sobre el canapé y haciéndonos una señal para que nos sentáramos—, Gaston sabe el género de música que toco. Es buena para cuando estoy sola con el conde, pero no quisiera haceros soportar tal suplicio.

—¿Tenéis esa preferencia por mí? —replicó el señor de N. con una sonrisa que trató de hacer sutil e irónica.

—Hacéis mal en reprochármela; es la única.

Estaba claro que aquel pobre muchacho no diría una palabra. Lanzó sobre la joven una mirada realmente suplicante.

—Decidme, Prudence —prosiguió—, ¿habéis hecho lo que os pedí?

—Sí.

—Está bien, ya me lo contaréis más tarde. Tenemos que hablar, no os vayáis sin que antes hablemos.

—Indudablemente somos indiscretos —dije yo entonces—, y ahora que hemos obtenido, o mejor, que yo he obtenido una segunda presentación para hacer olvidar la primera, Gaston y yo vamos a retirarnos.

—Nada de eso; no lo digo por vos. Al contrario, quiero que os quedéis.

El conde sacó un reloj muy elegante, en el que miró la hora:

—Es hora de ir al club —dijo.

Marguerite no respondió nada.

El conde se apartó entonces de la chimenea y acercándose a ella dijo:

—Adiós, señora.

Marguerite se levantó.

—Adiós, mi querido conde, ¿os vais ya?

—Sí, temo aburriros.

—No me aburrís hoy más que los otros días. ¿Cuándo os veré?

—Cuando lo permitáis.

—Adiós, entonces.

Admitiréis que era cruel.

El conde afortunadamente tenía muy buena educación y un carácter excelente. Se contentó con besar la mano que Marguerite le tendía indolente, y salío tras habernos saludado.

En el momento en que franqueaba la puerta, miró a Prudence.

Ésta se encogió de hombros como queriendo decir: «¿Qué queréis? He hecho lo que he podido».

—¡Nanine! —gritó Marguerite—, alumbra al señor conde.

Oímos abrir y cerrar la puerta.

—¡Por fin! —exclamó Marguerite reapareciendo—, ya se ha marchado; ese joven me irrita horriblemente los nervios.

—Querida niña —dijo Prudence—, sois realmente muy malvada con él, que es tan bueno y solícito. Ahí tenéis todavía sobre vuestra chimenea un reloj que os ha dado y que por lo menos le ha costado mil escudos, estoy segura.

Y la señora Duvernoy, que se había acercado a la chimenea, jugaba con la joya de la que hablaba y la miraba con codicia.

—Querida —dijo Marguerite sentándose ante el piano—, cuando pongo al lado de lo que me da lo que me dice, tengo la impresión de que le cobro sus visitas muy baratas.

—Ese pobre muchacho está enamorado de vos.

—Si tuviera que escuchar a todos los que están enamorados de mí, no tendría tiempo para comer.

Y recorrió con los dedos el piano; luego, volviéndose nos dijo:

—¿Queréis tomar algo? Yo bebería un poco de ponche.

—Y yo comería un poco de pollo —dijo Prudence—; ¿y si cenáramos?

—Eso, vayamos a cenar —dijo Gaston.

—No, vamos a cenar aquí.

Llamó y apareció Nanine.

—Envía a buscar la cena.

—¿Qué se puede pedir?

—Lo que quieras, pero deprisa, deprisa.

Nanine salió.

—Eso —dijo Marguerite saltando como una niña—, vamos a cenar. ¡Qué aburrido es ese conde pesado!

Cuanto más veía a aquella mujer, más me encantaba.

Había en ella cierto candor, se veía que estaba en el noviciado del vicio. Le quedaban orgullo e independencia, dos sentimientos que, heridos, son capaces de hacer lo que hace el pudor.

—O sea —continuó ella de pronto—, ¿erais vos el que veníais a saber de mi salud cuando estaba enferma?

—Sí.

—Sabéis que eso es muy hermoso. ¿Qué puedo hacer para agradecéroslo?

—Permitirme venir de vez en cuando a veros.

—Siempre que queráis, de cinco a seis y de once a doce de la noche. Decidme, Gaston, ¿tocaríais para mí la *Invitación al vals*?

—¿Por qué?

—Primero para darme placer y luego porque no consigo tocarla sola.

—¿Qué es lo que más os cuesta?

—La tercera parte, el pasaje en sostenido.

Gaston se levantó, se puso al piano y comenzó esa maravillosa melodía de Weber, cuya partitura estaba abierta sobre el atril.

Con una mano apoyada en el piano, Marguerite miraba la partitura, seguía con los ojos cada nota, que acompañaba en voz baja, y cuando Gaston llegó al pasaje que le había indicado, canturreó tamborileando con los dedos la tapa del piano:

—Re, mi, re, do, re, fa, mi, re, eso es lo que no puedo hacer. ¿Podéis empezar de nuevo?

Gaston volvió a empezar, luego Marguerite le dijo:

—Ahora dejadme probar.

Ocupó su sitio y tocó, pero sus dedos rebeldes se equivocaban siempre sobre una de las notas que acabamos de decir.

—Es increíble —dijo con verdadera entonación de niña— que no consiga tocar ese pasaje. ¿Podéis creer que me quedo a veces hasta las dos de la mañana con él? Y cuando pienso que ese imbécil de conde lo toca sin partitura y admirablemente, es eso lo que me pone furiosa con él.

Y volvió a empezar, siempre con los mismos resultados.

—¡Que se vayan al diablo Weber, la música y los pianos! —dijo ella tirando la partitura al otro extremo de la habitación—; ¿se puede comprender que no pueda tocar ocho sostenidos seguidos?

Y se cruzaba de brazos mirándonos y golpeaba el suelo con el pie.

La sangre se le subió a las mejillas y una tos ligera hizo que sus labios se entreabrieran.

—Veamos, veamos —dijo Prudence, que se había quitado el sombrero y se alisaba los bandós ante el espejo—, vais a enfadaros y a haceros daño; mejor será que cenemos; me estoy muriendo de hambre.

Marguerite llamó de nuevo, luego volvió a sentarse al piano y comenzó a media voz una canción libertina, en cuyo acompañamiento no se equivocó.

Gaston sabía aquella canción e hicieron una especie de dúo.

—No cantéis esas suciedades —le dije familiarmente a Marguerite y en tono de súplica.

—¡Oh, qué encopetado! —dijo ella sonriendo y tendiéndome la mano.

—No es por mí, es por vos.

Marguerite hizo un gesto que quería decir: «Hace mucho tiempo que acabé con la castidad».

En aquel momento apareció Nanine.

—¿Está preparada la cena? —preguntó Marguerite.

—Sí, señora, dentro de un momento.

—A propósito —me dijo Prudence—, no habéis visto el piso; venid que os lo enseñe.

Ya sabéis que el salón era una maravilla.

Marguerite nos acompañó un momento, luego llamó a Gaston y pasó con él al comedor para ver si la cena estaba preparada.

—Vaya —dijo en voz alta Prudence mirando en un anaquel y tomando una figurita de Sajonia—, ¡no conocía a este hombrecillo!

—¿Cuál?

—Un pastorcito que lleva una jaula con un pájaro.

—Lleváoslo, si os gusta.

—Temo privaros de él.

—Quería dárselo a mi doncella, es horrible; pero si os gusta, lleváoslo.

Prudence no vio más que el regalo, y no la manera en que se hacía. Puso a su hombrecillo a un lado y me llevó hacia el gabinete de aseo, donde mostrándome dos miniaturas que hacían juego me dijo:

—Ése es el conde de G., que estuvo muy enamorado de Marguerite; fue él quien la lanzó. ¿Le conocéis?

—No. ¿Y éste? —pregunté yo señalando la otra miniatura.

—Es el pequeño vizconde de L. Tuvo que marcharse.

—¿Por qué?

—Porque casi estaba arruinado. ¡Ése sí que amaba a Marguerite!

—Y ella, sin duda, le amaba mucho...

—Es una mujer tan rara... Uno no sabe nunca a qué atenerse. La tarde del día en que se marchó, ella estaba en el teatro, como de costumbre, y, sin embargo, había llorado en el momento de la partida.

En aquel momento apareció Nanine y anunció que la cena estaba servida.

Cuando entramos en el comedor, Marguerite estaba apoyada contra la pared y Gaston, teniendo sus manos entre las suyas, le hablaba en voz baja.

—Estáis loco —le respondía Marguerite—, sabéis que no os quiero. Después de dos años de conocer a una mujer como yo, no se le pide que sea su amante. Nosotras nos damos inmediatamente o nunca. Vamos, señores, a la mesa.

Y escapándose de las manos de Gaston Marguerite le hizo sentarse a su derecha, a mí, a su izquierda; luego dijo a Nanine:

—Antes de sentarte, dile a la cocinera que no abra si alguien llama.

Esta recomendación se hacía a la una de la mañana.

Reímos, bebimos y comimos mucho en aquella cena. Al cabo de algunos instantes la alegría había llegado a sus últimos límites, y esas frases que cierta gente encuentra agradables y que ensucian la boca que las dice estallaban de vez en cuando entre grandes aclamaciones de Nanine, de Prudence y de Marguerite. Por un momento quise distraerme, volver mi corazón y mi pensamiento indiferentes al espectáculo que tenía ante los ojos, y tomar mi parte de aquella alegría que parecía uno de los platos de la cena; pero poco a poco me había aislado de aquel ruido, mi vaso seguía lleno y me había entristecido viendo a aquella hermosa criatura de veinte años beber, hablar como un carretero y reír cuanto más escandaloso era lo que se decía.

Sin embargo, aquella alegría, aquella forma de hablar y de beber, que me parecían en los otros invitados resultado del desenfreno, del hábito o de la fuerza, me parecían en Marguerite una necesidad de olvidar, una fiebre, una irritabilidad nerviosa.

A cada vaso de vino de *champagne* sus mejillas se cubrían de un rojo afiebrado y una tos, ligera al comienzo de la cena, se había vuelto a la larga bastante fuerte hasta obligarla a echar la cabeza hacia el respaldo de su silla y a comprimir el pecho entre las manos cada vez que tosía.

Yo sufría por el daño que debían hacer en aquella constitución frágil aquellos excesos de cada día.

Finalmente, ocurrió algo que yo no había previsto y que temía. Hacia el final de la cena, Marguerite fue presa de un acceso de tos más fuerte que todos los que había tenido desde que yo estaba allí. Me pareció que su pecho se desgarraba interiormente. La pobre mujer se volvió de color púrpura, cerró los ojos bajo el dolor y llevó a sus labios su servilleta, que una gota de sangre enrojeció. Entonces se levantó y corrió hacia su cuarto de aseo.

—¿Qué le pasa a Marguerite? —preguntó Gaston.

—Que se ha reído demasiado y que escupe sangre —dijo Prudence—. No será nada, le ocurre todos los días. Ahora volverá. Dejémosla sola. Es lo que prefiere.

Por lo que a mí se refería, no pude contenerme y, para gran estupefacción de Prudence y de Nanine, que me llamaban, fui en busca de Marguerite.

IX

La habitación en que se refugió sólo estaba iluminada por una vela sobre una mesa. Tumbada en un gran canapé, tenía el vestido revuelto, una mano sobre el corazón, la otra colgaba. En la mesa había una jofaina de plata a medio llenar; el agua estaba veteada de pequeños hilos de sangre.

Marguerite, muy pálida y con la boca entreabierta, trataba de recobrar el aliento. A ratos su pecho se hinchaba en un largo suspiro que, al exhalar, parecía aliviarla y la dejaba algunos segundos con sensación de bienestar.

Me acerqué a ella sin que hiciera ningún movimiento, me senté y tomé una de sus manos, que se apoyaba en el canapé.

—Ah, ¿sois vos? —me dijo con una sonrisa.

Al parecer yo tenía el rostro alterado porque añadió:

—¿También vos estáis enfermo?

—No, ¿todavía os encontráis mal?

—Un poco —y enjugó con su pañuelo las lágrimas que la tos había hecho aflorar a sus ojos—; ahora ya me he acostumbrado.

—Os estáis matando, señora —le dije entonces con voz emocionada—; quisiera ser vuestro amigo, vuestro pariente, para impedir que os hagáis daño de esta forma.

—Bah, no merece realmente la pena que os alarméis —replicó ella con un tono amargo—; observad que nadie más se preocupa por mí, pues saben de sobra que con esta enfermedad no hay nada que hacer.

Se levantó, tomó la vela, la puso sobre la chimenea y se miró en el espejo.

—¡Qué pálida estoy! —dijo reajustándose su vestido y pasando los dedos por sus cabellos sueltos—. ¡Bah!, vamos a la mesa otra vez. ¿Venís?

Pero yo estaba sentado y no me movía.

Ella comprendió la emoción que aquella escena me había causado porque se acercó a mí y tendiéndome la mano me dijo:

—Vamos, venid.

Tomé su mano, la acerqué a mis labios y, sin querer, la mojé con dos lágrimas largo tiempo contenidas.

—¡Ay, qué niño sois! —dijo ella volviendo a sentarse a mi lado—. ¡Estáis llorando! ¿Qué os pasa?

—Os pareceré un ingenuo, pero lo que acabo de ver me ha causado un daño terrible.

—¡Qué bueno sois! ¿Qué queréis? No puedo dormir, tengo que distraerme un poco. Y, además, las mujeres como yo, ¿qué importa una más o menos? Los médicos me dicen que la sangre que escupo viene de los bronquios; aparento creerles, es todo lo que puedo hacer por ellos.

—Escuchad, Marguerite —dije entonces con una intensidad que no pude contener—, no sé la influencia que debéis adquirir sobre mi vida, pero lo que sé es que en este momento no hay nadie, ni siquiera mi hermana, que me interese más que vos. Así ha sido desde que os vi. Pues bien, en nombre del cielo, cuidaos, y no viváis más como lo hacéis.

—Si me cuidase moriría. Lo que me sostiene es la vida febril que llevo. Además, cuidarse es bueno para las mujeres de la buena sociedad que tienen familia y amigos, pero a nosotras, dado que no podemos ya servir a la vanidad o al placer de nuestros amantes, nos abandonan, y las largas noches suceden a los largos días. Lo sé de sobra: he estado dos meses en cama; al cabo de tres semanas nadie venía a verme.

—Es cierto que nada soy para vos —proseguí yo—, pero si lo queréis os cuidaré como un hermano, no os abandonaré un momento y os curaré.

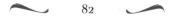

Entonces, cuando tengáis fuerza suficiente, reanudaréis la vida que lleváis si bien os parece, pero estoy seguro de que preferiríais vivir una existencia tranquila que os haría feliz y que os conservaría hermosa.

—Pensáis eso esta noche porque el vino os ha entristecido, pero no tendríais la paciencia de que os jactáis.

—Permitidme deciros, Marguerite, que habéis estado enferma durante dos meses y que durante esos dos meses he venido todos los días a saber cómo estabais.

—Es cierto, pero ¿por qué no subíais?

—Porque entonces no os conocía.

—¿Se anda alguien con remilgos con una mujer como yo?

—Siempre hay que ser correcto con una mujer; ésa es al menos mi opinión.

—¿Así que me cuidaríais?

—Sí.

—¿Os quedaríais todos los días a mi lado?

—Sí.

—¿E incluso todas las noches?

—Todo el tiempo que no os aburriera.

—¿Cómo llamáis a eso?

—Dedicación.

—¿De dónde procede esa dedicación?

—De una atracción irresistible que siento por vos.

—¿O sea que estáis enamorado de mí? Decidlo ya, es muy sencillo.

—Es posible, pero si debiera decíroslo algún día, no sería hoy.

—Mejor haríais no diciéndolo nunca.

—¿Por qué?

—Porque de esa confesión sólo pueden resultar dos cosas.

—¿Cuáles?

—O que no os acepte, y entonces me odiaréis, o que os acepte, y entonces triste amante será la que tengáis; una mujer nerviosa, enferma, triste o alegre, con una alegría más triste que la pena, una mujer que escupe sangre y que gasta cien mil francos al año es buena para un viejo rico como el

duque, pero muy molesto para un joven como vos, y la prueba es que todos los amantes jóvenes que he tenido me han dejado enseguida. Vamos, no digamos niñerías. Dadme la mano y volvamos al comedor. Nadie debe saber qué significa nuestra ausencia.

—Volved si os parece bien; yo sólo pido permiso para permanecer aquí.

—¿Por qué?

—Porque vuestra alegría me hace demasiado daño.

—Bueno, estaré triste.

—Mirad, Marguerite, dejadme deciros una cosa que, sin duda, os han dicho muchas veces, y a la que quizá la costumbre de oírla os impida prestarle fe, pero que no por ello es menos real y que no os repetiré jamás.

—¿Y es que...? —dijo ella con la sonrisa que emplean las madres jóvenes para escuchar una locura de su hijo.

—Es que desde que os vi, no sé cómo ni por qué, os habéis hecho dueña de un lugar en mi vida; es que por más que intente expulsar de mi pensamiento vuestra imagen, vuelve siempre a él; es que, hoy que he vuelto a encontraros, tras haber estado dos años sin veros, habéis tomado sobre mi corazón y mi espíritu un ascendiente mayor aún, y es que en fin, ahora que me habéis recibido, que os conozco, que sé todo lo que de extraño hay en vos, os habéis vuelto indispensable para mí, y me volvería loco no sólo si no me amarais sino si no me dejarais amaros.

—Pero, desdichado, podría deciros lo que decía la señora D.: «¿Es usted lo bastante rico?». ¿No sabéis que yo gasto seis o siete mil francos al mes, y que ese gasto se ha vuelto completamente necesario en mi vida? ¿Y no sabéis, pobre amigo, que os arruinaría en nada de tiempo y que vuestra familia os incapacitaría para enseñaros a vivir con una criatura como yo? Amadme como un amigo, pero nada más. Venid a verme, nos reiremos, hablaremos, pero no exageréis lo que valgo, porque no valgo gran cosa. Tenéis buen corazón, necesitáis ser amado, sois demasiado joven y demasiado sensible para vivir en nuestro mundo. Tomad una mujer casada. Como veis, soy buena y os hablo con toda franqueza.

—¡Vaya!, ¿qué diablos hacéis ahí? —exclamó Prudence, a la que no habíamos oído llegar y que apareció en el umbral de la habitación con el cabello desordenado y el vestido abierto. En aquel desorden reconocí la mano de Gaston.

—Hablábamos con formalidad —dijo Marguerite—, dejadnos un momento, enseguida nos reunimos con vosotros.

—Bien, bien, hablad, hijos míos —dijo Prudence yéndose y cerrando la puerta como para remarcar el tono en el que habló.

—Entonces, quedamos de acuerdo en que no me amaréis más —continuó Marguerite cuando estuvimos solos.

—Me marcharé.

—¿Hasta ese extremo estáis afectado?

Yo había avanzado demasiado como para retroceder y, además, aquella mujer me turbaba. Aquella mezcla de alegría, de tristeza, de candor, de prostitución, aquella enfermedad incluso que debía desarrollar en ella tanto la sensibilidad de las impresiones como la irritabilidad de los nervios, todo me hacía comprender que si desde el primer momento no dominaba aquella naturaleza olvidadiza y ligera, la tenía perdida.

—¡Veamos! ¿Estáis hablando en serio? —preguntó.

—Totalmente en serio.

—Pero ¿por qué no me lo habéis dicho antes?

—¿Cuándo pude decíroslo?

—Al día siguiente de habernos presentado en la Ópera Cómica.

—Creo que me habríais recibido muy mal si hubiera venido a veros.

—¿Por qué?

—Porque la víspera yo había sido estúpido.

—Es cierto. Sin embargo, ya me amabais en esa época.

—Sí.

—Lo cual no os impidió iros a la cama y dormir tranquilamente después del espectáculo. Ya sabemos lo que son esos grandes amores.

—Os equivocáis. ¿Sabéis lo que hice la noche de la Ópera Cómica?

—No.

—Os esperé a la puerta del café Anglais. Seguí el coche que os trajo a vos y a vuestros tres amigos, y cuando os vi bajar y entrar sola en vuestra casa me sentí muy feliz.

Marguerite se echó a reír.

—¿De qué os reís?

—De nada.

—Decídmelo, os lo suplico, o creeré que volvéis a reíros de mí.

—¿No os enfadaréis?

—¿Con qué derecho puedo enfadarme?

—Pues bien, había un buen motivo para que volviese sola.

—¿Cuál?

—Me estaban esperando aquí.

Si me hubieran propinado una puñalada no me habrían hecho más daño. Me levanté y tendiéndole la mano le dije:

—Adiós.

—Ya sabía que os enfadaríais —dijo—. Los hombres tienen pasión por querer saber lo que debe causarles daño.

—Pero os aseguro —añadí en tono frío como si hubiera querido probar que estaba curado para siempre de mi pasión—, os aseguro que no estoy enfadado. Era natural que alguien os esperase, como es completamente natural que yo me vaya a las tres de la mañana.

—¿Tenéis también alguien que os espera en vuestra casa?

—No, pero tengo que marcharme.

—Adiós, entonces.

—¿Me despedís?

—Nada de eso.

—¿Por qué me hacéis daño?

—¿Qué daño os he hecho?

—Me decís que alguien os espera.

—No he podido dejar de reírme ante la idea de que habíais sido tan feliz de verme volver sola, cuando había un buen motivo para ello.

—A veces, a menudo, alguien se alegra de una puerilidad, y es malvado destruir esa alegría cuando, dejándola pervivir, se puede hacer más feliz aún a quien la encuentra.

—Pero ¿con quién creéis que estáis? Yo no soy ni una virgen ni una duquesa. Sólo os conozco desde hoy y no os debo cuenta de mis acciones.

Suponiendo que un día me convierta en vuestra amante, es preciso que sepáis que he tenido otros amantes antes que vos. Si ya me hacéis escenas de celos antes, ¿qué sería después, si es que existe el después? No he visto ningún hombre como vos.

—Es que nadie os ha amado como yo os amo.

—Francamente, ¿me amáis mucho?

—Tanto como se puede amar, según creo.

—¿Desde cuándo?

—Desde que os vi bajar de una calesa y entrar en Susse, hace tres años.

—¿Sabéis que eso es muy hermoso? Y bien, ¿qué debo hacer para agradecer ese gran amor?

—Tenéis que amarme un poco —dije con un palpito de corazón que casi me impedía hablar, pues, a pesar de sus sonrisas medio burlonas durante la conversación, me parecía que Marguerite comenzaba a compartir mi pasión, y que yo me acercaba al tan ansiado momento.

—Bien, ¿y el duque?

—¿Qué duque?

—Mi viejo celoso.

—No sabrá nada.

—¿Y si lo sabe?

—Os perdonará.

—No, me abandonará, ¿y qué será de mí?

—Corréis el mismo riesgo de abandono que por otro.

—¿Cómo lo sabéis?

—Por el consejo que habéis dado de no dejar entrar a nadie esta noche.

—Es cierto, pero es un amigo serio.

—Al que no respetáis mucho, puesto que mandáis cerrarle vuestra puerta a esa hora.

—No os corresponde a vos reprochármelo, porque era para recibiros a vos y a vuestro amigo.

Poco a poco me había acercado a Marguerite, había pasado mis manos alrededor de su talle y sentía su cuerpo flexible pesar ligeramente entre mis manos juntas.

—¡Si supierais cómo os amo! — le decía yo en voz baja.

—¿De verdad?

—Os lo juro.

—Y bien, si me prometéis cumplir todos mis deseos sin decir una palabra, sin hacer una sola observación, sin preguntarme, quizá os ame.

—¡Lo que queráis!

—Pero os aviso de que quiero ser libre para hacer lo que me parezca, sin daros la menor cuenta de mi vida. Hace mucho tiempo que busco un amante joven, sin voluntad, amoroso sin desconfianza, amado sin derechos. Nunca he podido encontrar uno. En lugar de quedar satisfechos cuando se les da durante mucho tiempo lo que apenas hubieran esperado obtener una vez, los hombres piden cuentas a su amante del presente, del pasado y del porvenir incluso. A medida que se habitúan a ella, quieren dominarla, y se vuelven tanto más exigentes cuanto que se les da todo lo que quieren. Si me decido a tomar ahora un nuevo amante, quiero que tenga tres cualidades muy raras, que sea confiado, sumiso y discreto.

—Bien, seré lo que queráis.

—Ya veremos.

—Y ¿cuándo lo veremos?

—Más tarde.

—¿Por qué?

—Porque —dijo Marguerite liberándose de mis brazos y sacando de un gran ramo de camelias rojas traídas por la mañana una camelia que puso en mi ojal— no siempre se pueden cumplir los tratados el día en que se firman.

Era comprensible.

—¿Y cuándo volveré a veros? —dije yo estrechándola entre mis brazos.

—Cuando esa camelia cambie de color.

—¿Y cuándo cambiará de color?

—Mañana, entre las once y las doce de la noche. ¿Estáis contento?

—¿Me lo preguntáis?

—Ni una palabra de esto a vuestro amigo, ni a Prudence, ni a nadie.

—Os lo prometo.

—Ahora, besadme y volvamos al comedor.

Me tendió sus labios, alisó de nuevo sus cabellos, y salimos de aquella habitación, ella cantando, yo medio loco. En el salón me dijo en voz baja, deteniéndose:

—Debe pareceros extraño que aparente estar dispuesta a aceptaros enseguida; ¿sabéis por qué? Porque —continuó tomando mi mano y poniéndola sobre su corazón cuyas palpitaciones violentas y rápidas sentí—, porque como voy a vivir menos tiempo que las otras, me he prometido vivir más deprisa.

—No habléis así, os lo suplico.

—¡Oh, consolaos! —continuó ella riendo —. Por poco que me quede de vida, viviré más tiempo del que me améis.

Y entró cantando en el comedor.

—¿Dónde está Nanine? —dijo ella viendo solos a Gaston y a Prudence.

—Duerme en vuestro cuarto, esperando que os acostéis —respondió Prudence.

—¡Desgraciada! ¡La mato! Vamos, señores, retiraros ya, es tarde.

Diez minutos después, Gaston y yo salimos. Marguerite me estrechó la mano diciéndome adiós y se quedó con Prudence.

—Y bien —me preguntó Gaston cuando estuvimos fuera—, ¿qué decís de Marguerite?

—Es un ángel y estoy loco por ella.

—Me lo temía; ¿se lo habéis dicho?

—Sí.

—Y ¿os ha prometido creeros?

—No.

—No es como Prudence.

—¿Os lo ha prometido?

—Ha hecho algo mejor, querido. ¡Nadie lo creería, todavía está muy bien esa gorda de Duvernoy!

X

En este momento de su relato, Armand se detuvo.

—¿Podéis cerrar la ventana? —me dijo—; comienzo a tener frío. Mientras tanto, voy a acostarme.

Cerré la ventana; Armand, que todavía estaba muy débil, se quitó la bata y se metió en la cama, dejando reposar durante algunos instantes la cabeza sobre la almohada como un hombre fatigado por una larga carrera o agitado por penosos recuerdos.

—Habéis hablado mucho quizá —le dije—, ¿queréis que me vaya y que os deje dormir? Ya me contaréis otro día el final de esta historia.

—¿Os aburre acaso?

—Todo lo contrario.

—Entonces continuaré; si me dejarais solo no dormiría.

Cuando volví a mi casa —prosiguió sin necesidad de concentrarse, tan presentes estaban en su pensamiento todos aquellos detalles— no me acosté, me puse a reflexionar sobre la aventura de la jornada. El encuentro, la presentación, el compromiso de Marguerite conmigo, todo había sido tan rápido, tan inesperado, que había momentos en que creía haber soñado. Sin embargo, no era la primera vez que una mujer como Marguerite se prometía a un hombre de un día para el otro.

Aunque pensaba esto, la primera impresión producida por mi futura amante sobre mí había sido tan fuerte que seguía persistiendo. Me obstinaba todavía en ver en ella no una mujer semejante a las otras y, con la vanidad común a todos los hombres, estaba dispuesto a creer que ella compartía irresistiblemente hacia mí la atracción que yo sentía por ella.

Sin embargo, ante los ojos tenía yo ejemplos muy contradictorios, y a menudo había oído decir que el amor de Marguerite había pasado al estado de mercancía más o menos cara, según la estación.

Mas, por otro lado, ¿cómo conciliar también esta reputación con las negativas continuas al joven conde a quien habíamos encontrado en su casa? Me diréis que le desagradaba y que como era espléndidamente mantenida por el duque, en caso de tomar otro amante, prefería mejor un hombre que le gustase. Entonces, ¿por qué no quería nada de Gaston, encantador, ingenioso, rico, y parecía quererlo de mí, a quien tan ridículo había encontrado la primera vez que me había visto?

Cierto que hay sucesos de un minuto que cuentan más que todo un año.

De los que se encontraban en la cena, yo era el único que se inquietó al verla dejar la mesa. La había seguido, me había conmovido hasta no poder ocultarlo. Había llorado besándole la mano. Esta circunstancia, unida a mis visitas cotidianas durante los dos meses de su enfermedad, había podido hacerle ver en mí un hombre distinto a los que había conocido hasta entonces, y quizá se había dicho que bien podía hacer por un amor expresado de aquella forma lo que tantas veces había dicho que aquello no tenía ya consecuencias para ella.

Como veis, todas estas suposiciones eran bastante verosímiles, pero cualquiera que fuese la razón de su consentimiento, había una cosa cierta: había aceptado.

Pues bien, yo estaba enamorado de Marguerite, iba a tenerla y no podía pedirle nada más. Sin embargo, os lo repito, aunque fuera una mantenida, yo, quizá para poetizarla, me había hecho de ese amor un amor sin esperanza, del que cuanto más se acercaba el momento en que ya no tendría siquiera necesidad de esperar, más dudaba.

No cerré los ojos en toda la noche.

No me reconocía. Estaba medio loco. Tan pronto no me encontraba suficientemente hermoso, ni lo bastante rico, ni lo bastante elegante para poseer a una mujer como ella como me sentía lleno de vanidad ante la idea de aquella posesión; luego me ponía a temer que Marguerite sólo sintiese por mí un capricho de algunos días y, presintiendo una desgracia en una ruptura rápida, mejor haría quizá, me decía, no yendo por la noche a su casa y partir escribiéndole mis temores. De ahí pasaba yo a esperanzas sin límites, a una confianza sin barreras. Forjaba sueños de futuro increíbles; me decía que aquella mujer me debería su curación física y que su amor me haría más feliz que los amores más virginales.

Por último, no podría repetiros los mil pensamientos que subían de mi corazón a mi cabeza y que se apagaron poco a poco en el sueño que se apoderó de mí al alba.

Cuando me desperté eran las dos. El tiempo era magnífico. No recuerdo que la vida me haya parecido nunca tan bella ni tan plena. Los recuerdos de la víspera volvían a mi mente sin sombras, sin obstáculos y alegremente escoltados por las esperanzas de la noche. Me vestí con prisa. Estaba contento y me sentía capaz de los mejores actos. De vez en cuando mi corazón saltaba de alegría y de amor en mi pecho. Una dulce fiebre me agitaba. No me inquietaba más por las razones que me habían preocupado antes de dormirme. No veía más que el resultado, no pensaba más que en la hora en que debía ver de nuevo a Marguerite.

Me fue imposible quedarme en casa. Mi cuarto me parecía demasiado pequeño para contener mi dicha: tenía necesidad de la naturaleza entera para desahogarme.

Salí.

Pasé por la calle d'Antin. El cupé de Marguerite esperaba a su puerta; me dirigí hacia los Campos Elíseos. Amaba, sin conocerlas siquiera, a todas las personas que me encontraba.

Al cabo de una hora de pasear de los caballos de Marly a la rotonda y de la rotonda a los caballos de Marly, vi de lejos el coche de Marguerite; no la reconocí, la adiviné.

En el momento de doblar la esquina de los Campos Elíseos mandó parar, y un joven alto se separó de un grupo en que hablaba para ir a hablar con ella.

Hablaron algunos instantes; el joven se reunió con sus amigos, los caballos partieron de nuevo y yo, que me había acercado al grupo, reconocí en el que habló a Marguerite al conde de G. cuyo retrato había visto y que Prudence me había señalado como aquél a quien Marguerite debía su posición.

Era a él a quien ella había hecho cerrar su puerta la víspera; yo suponía que había hecho parar su coche para presentarle excusas por aquella prohibición y esperaba que al mismo tiempo encontrara algún nuevo pretexto para no recibirle la noche siguiente.

Cómo transcurrió el resto del día lo ignoro; caminé, fumé, hablé, pero a las diez de la noche no tenía ningún recuerdo de lo que dije ni de aquéllos a quienes me encontré.

De lo único que me acuerdo es de que volví a mi casa, pasé tres horas en mi aseo y miré cien veces mi péndulo y mi reloj de bolsillo, que por desgracia siempre tenían la misma hora.

Cuando dieron las diez y media me dije que era hora de partir.

En esa época yo vivía en la calle de Provence: seguí la calle de Mont-Blanc, atravesé el bulevar, tomé la calle Louis-le-Grand, la calle de Port-Mahon y la calle d'Antin. Miré hacia las ventanas de Marguerite.

Había luz en su casa.

Llamé.

Pregunté al portero si la señorita Gautier estaba en su casa.

Me respondió que nunca volvía antes de las once o de las once y cuarto.

Miré mi reloj.

Creía haber ido muy despacio, y no había tardado más que cinco minutos en llegar desde la calle de Provence hasta casa de Marguerite.

Entonces me paseé por aquella calle sin tiendas y desierta a esas horas.

Al cabo de media hora llegó Marguerite. Bajó de su cupé mirando en torno a ella como si buscara a alguien.

El coche volvió a partir al paso pues las cuadras y la cochera no estaban en la casa. En el momento en que iba a llamar, me acerqué y le dije:

—Buenas noches.

—Ah, ¿sois vos? —me dijo en un tono poco alentador sobre el placer que ella sentía por encontrarme allí.

—¿No me habíais permitido visitaros hoy?

—Es cierto; lo había olvidado.

Esta frase echaba por tierra todas mis reflexiones de la mañana, todas mis esperanzas del día. Sin embargo, empezaba a habituarme a estas formas y no me fui, cosa que evidentemente hubiera hecho en otro tiempo.

Entramos.

Nanine había abierto ya la puerta.

—¿Ha vuelto Prudence? —preguntó Marguerite.

—No, señora.

—Vete a decir que venga en cuanto regrese. Antes apaga la lámpara del salón, y si viene alguien contesta que no he vuelto y que no volveré.

Aquélla era una mujer preocupada por algo y quizá aburrida por algún importuno. Yo no sabía qué cara poner ni qué decir. Marguerite se dirigió hacia su dormitorio; yo me quedé donde estaba.

—Venid —me dijo.

Se quitó el sombrero y su capa de terciopelo, y los tiró sobre la cama, luego se dejó caer en un gran sillón junto al fuego que mandaba encender hasta principios del verano y me dijo jugando con la cadena de su reloj:

—¿Y qué me contáis de nuevo?

—Nada, sino que he hecho mal viniendo esta noche.

—¿Por qué?

—Porque parecéis contrariada y porque sin duda os aburro.

—No me aburrís; sólo que estoy enferma, he sufrido todo el día; no he dormido, tengo una migraña horrorosa.

—¿Queréis que me retire para permitir que os acostéis?

—Oh, podéis quedaros; si quiero acostarme, me acostaré delante de vos.

En ese momento llamaron.

—¿Quién viene ahora? —dijo con un movimiento de impaciencia.

Algunos instantes después llamaron de nuevo.

—¿No hay acaso nadie para abrir? Tengo que abrir yo misma.

En efecto, se levantó diciéndome:

—Esperad aquí.

Cruzó el piso y oí abrir la puerta de entrada. Escuché.

Aquél a quien había abierto se detuvo en el comedor. Por las primeras palabras reconocí la voz del joven conde de N.

—¿Qué tal estáis esta noche? —dijo él.

—Mal —respondió Marguerite con sequedad.

—¿Os molesto, acaso?

—Quizá.

—¡Cómo me recibís! ¿Qué os he hecho yo, querida Marguerite?

—Querido amigo, no me habéis hecho nada. Estoy enferma, tengo que acostarme y por eso vais a hacerme el favor de iros. Me fastidia no poder volver por la noche sin veros aparecer a los cinco minutos. ¿Qué queréis? ¿Que sea vuestra amante? Pues ya os he dicho cien veces que no, que me aburrís horriblemente y que podéis dirigiros a otro lado. Os lo repito hoy por última vez: no os quiero, está decidido; adiós. Mirad, ahí vuelve Nanine; ella os acompañará. Buenas noches.

Y sin añadir una palabra, sin escuchar lo que el joven balbuceaba, Marguerite volvió a su habitación y cerró violentamente la puerta por la que Nanine entró casi inmediatamente.

—Ya sabes —le dijo Marguerite—, a ese imbécil vas a decirle de ahora en adelante que no estoy o que no quiero recibirle. Estoy harta de ver sin cesar a gentes que vienen a pedirme lo mismo, que me pagan y que se creen en paz conmigo. Si las que empiezan en nuestro vergonzoso oficio supieran lo que es preferirían convertirse en doncellas. Pero no; la vanidad de tener vestidos, coches, diamantes nos arrastra; una cree lo que oye, porque la prostitución tiene su fe, y poco a poco se van gastando el corazón, el cuerpo, la belleza; una es temida como una bestia feroz, despreciada como un paria, rodeada por gentes que siempre os quitan más de lo que os dan, y un buen día una termina reventando como un perro, tras haber perdido a los demás y haberse perdido una misma.

—Vamos, señora, calmaos —dijo Nanine—; esta noche estáis nerviosa.

—Este vestido me molesta —continuó Marguerite haciendo saltar los corchetes de su corsé—, dame una bata. ¿Y Prudence?

—Todavía no ha vuelto, pero la enviarán a la señora en cuanto regrese.

—Ésa es una —prosiguió Marguerite quitándose el vestido y poniéndose una bata blanca—, ésa es una que sabe encontrarme cuando me necesita, y que no puede hacerme un favor gratis. Sabe que espero esa respuesta esta noche, que la necesito, que estoy inquieta, y estoy segura de que se ha ido de juerga sin preocuparse de si la espero o no.

—Quizá se ha entretenido.

—Sírvenos el ponche.

—Vais a poneros peor —dijo Nanine.

—Mejor. Tráeme fruta, paté o una alita de pollo, algo, pero corriendo, tengo hambre.

Deciros la impresión que esta escena me causaba es inútil; ya la adivináis, ¿verdad?

—Vais a cenar conmigo —me dijo—; mientras tanto, buscad un libro, voy a pasar un instante a mi cuarto de aseo.

Encendió las velas de un candelabro, abrió una puerta junto a su cama y desapareció.

Por lo que a mí se refiere, me puse a reflexionar sobre la vida de aquella mujer, y mi amor se vio acrecentado por la piedad.

Me paseaba a grandes zancadas por aquella habitación, siempre pensando, cuando entró Prudence.

—¡Vaya, usted aquí! —me dijo—; ¿dónde está Marguerite?

—En su cuarto de aseo.

—Voy a esperarla. ¿Sabíais que os encuentra encantador?

—No.

—¿No os ha dicho nada?

—Nada de nada.

—¿Cómo es que estáis aquí?

—He venido a visitarla.

—¿A media noche?

—¿Por qué no?

—Bromista.

—Incluso me ha recibido muy mal.

—Ya os recibirá mejor.

—¿Eso creéis?

—Le traigo una buena noticia.

—Ojalá sea así; o sea, ¿que os ha hablado de mí?

—Ayer por la noche, o mejor dicho, esta misma noche, cuando os marchasteis con vuestro amigo... A propósito, ¿cómo le va a vuestro amigo...? Ese Gaston R., según creo que se llama.

—Sí —dije yo sin poder dejar de sonreír al recordar la confidencia que Gaston me había hecho y ver que Prudence apenas sabía su nombre.

—Es un muchacho muy amable; ¿qué hace?

—Tiene veinticinco mil francos de renta.

—¿De veras? Pero, volviendo a vos, Marguerite me ha preguntado sobre vos; me ha preguntado quién erais, qué hacíais, quiénes habían sido vuestras amantes; en fin, todo lo que puede preguntarse sobre un hombre de vuestra edad. Le he dicho todo lo que sé, añadiendo que sois un muchacho encantador, y eso es todo.

—Os lo agradezco; ahora decidme de qué comisión os encargó ayer.

—De ninguna; lo que me decía era para despedir al conde; pero sí me ha encargado una para hoy y es la respuesta lo que le traigo esta noche.

En aquel momento Marguerite salió de su cuarto de aseo, coquetamente tocada con su gorro de noche adornado de mechones de cintas amarillas, llamadas técnicamente moñas.

Así estaba arrebatadora.

Tenía sus pies desnudos en unas pantuflas de satén y estaba terminando su manicura.

—Y bien —dijo al ver a Prudence—, ¿habéis visto al duque?

—Por supuesto.

—¿Y qué os ha dicho?

—Me lo ha dado.

—¿Cuánto?

—Seis mil.

—¿Los tenéis?

—Sí.

—¿Pareció estar contrariado?

—No.

—¡Pobre hombre!

Aquel «¡Pobre hombre!» fue dicho en un tono imposible de transcribir. Marguerite tomó los seis billetes de mil francos.

—Ya era hora —dijo —. Querida Prudence, ¿necesitáis dinero?

—Sabéis, querida, que dentro de dos días será 15; si pudierais prestarme trescientos o cuatrocientos francos, me haríais un favor.

—Enviad por ellos mañana por la mañana, es demasiado tarde para mandar a cambiar.

—No lo olvidéis.

—Estad tranquila. ¿Cenáis con nosotros?

—No, Charles me espera en mi casa.

—¿Seguís loca por él entonces?

—Chiflada, querida. Hasta mañana. Adiós, Armand.

La señora Duvernoy salió. Marguerite abrió su estantería y tiró dentro los billetes de banco.

—Me permitiréis que me acueste —dijo ella sonriendo y dirigiéndose hacia su cama.

Tiró al pie de su cama la colcha que la cubría y se acostó.

—Ahora —dijo ella—, venid a sentaros a mi lado y hablemos.

Prudence tenía razón: la respuesta que había traído a Marguerite la alegraba.

—¿Me perdonáis mi mal humor de esta noche? —me dijo tomándome la mano.

—Estoy dispuesto a perdonaros muchos otros.

—¿Y me amáis?

—Hasta la locura.

—¿Pese a mi mal carácter?

—Pese a todo.

—¿Me lo juráis?

—Sí —le dije en voz baja.

Nanine entró entonces con unos platos, fiambre de pollo, una botella de burdeos, fresas y dos cubiertos.

—No os he traído el ponche —dijo Nanine—, para vos es mejor el burdeos, ¿verdad, señor?

—Desde luego —respondí yo completamente emocionado aún por las últimas palabras de Marguerite y con los ojos ardientemente fijos en ella.

—Bien —dijo —, pon todo eso en la mesita, acércala a la cama; nosotros mismos nos serviremos. Hace ya tres noches que estás en vela, debes tener ganas de dormir, ve a acostarte, ya no necesito nada más.

—¿Hay que cerrar la puerta con doble vuelta?

—¡Ya lo creo! Y sobre todo di que no dejen entrar a nadie hasta mañana después de las doce.

XI

El día acababa de nacer cuando volví a mi casa. Las calles estaban desiertas, la gran ciudad dormía todavía, un dulce frescor corría por aquellos barrios que el ruido de los hombres iba a invadir pocas horas después.

Me pareció que aquella ciudad dormida me pertenecía; buscaba en mi recuerdo los nombres de aquéllos cuya felicidad había envidiado hasta entonces y no me acordaba de nadie sin sentirme más dichoso que él.

Ser amado por una joven casta, ser el primero en revelarle ese extraño misterio del amor es, desde luego, una gran felicidad, pero es lo más sencillo del mundo. Apoderarse de un corazón que no está habituado a los ataques es entrar en una ciudad abierta y sin guarnición. La educación, el sentimiento de los deberes y la familia son centinelas fortísimos, pero no hay centinelas tan vigilantes que no engañen a una niña de dieciséis años a quien, por la voz del hombre al que ama, la naturaleza da esos primeros consejos de amor que son más ardientes cuanto más puros parecen.

Cuando más cree la joven en el bien, tanto más fácilmente se entrega, si no al amante, al menos al amor, porque al no tener desconfianza no tiene fuerza, y hacerse amar por ella es un triunfo que todo hombre de veinticinco años podrá conseguir cuando quiera. Y esto es tan cierto que ya veis cómo rodean a las jóvenes de vigilancia y murallas. Los conventos no tienen muros suficientemente altos, ni las madres cerraduras bastante fuertes, ni la religión deberes tan constantes como para encerrar a todos esos encantadores pájaros en su jaula, sobre la que ni siquiera se toman el trabajo de echar flores. Por eso, ¡cómo deben desear ellas ese mundo que se les oculta, cómo deben creer que es tentador, cómo deben escuchar la primera voz que, a través de los barrotes, llega para contarles los secretos y bendecir la mano que por primera vez alza una punta del velo misterioso!

Pero ser realmente amado por una cortesana es una victoria mucho más difícil. En ellas, el cuerpo ha gastado al alma, los sentidos han quemado el corazón, el desenfreno ha acorazado los sentimientos. Las palabras que se les dicen las saben hace mucho tiempo; los medios que con ellas se emplea, los conocen; incluso el amor que inspiran, lo han vendido. Aman por oficio y no por pasión. Están mejor guardadas por sus cálculos que una virgen por su madre y su convento; por eso han inventado la palabra *capricho* para esos amores sin comercio que de vez en cuando se regalan como descanso, como excusa o como consuelo; como esos usureros que despellejan a mil individuos y que creen redimirse de todo prestando un día veinte francos a un pobre diablo que se muere de hambre, sin exigir interés y sin pedirle recibo.

Además, cuando Dios permite el amor a una cortesana, ese amor, que se parece ante todo a un perdón, se convierte para ellas casi siempre en un castigo. No hay absolución sin penitencia. Cuando una criatura que tiene que reprocharse todo su pasado se siente de pronto poseída por un amor profundo, sincero, irresistible, del que jamás se creyó capaz, cuando ha confesado ese amor, ¡cómo la domina el hombre amado de esa forma! ¡Qué fuerte se siente él con ese derecho cruel para decirle: «No hacéis por amor nada que no hayáis hecho por dinero».

Entonces ellas no saben qué pruebas dar. Un niño, según cuenta la fábula, después de haberse divertido mucho tiempo gritando en un campo: «¡Socorro!», para molestar a los que trabajaban, fue devorado un buen día por un oso, sin que aquéllos a quienes había engañado con tanta frecuencia creyesen en aquella ocasión los gritos reales que lanzaba. Lo mismo ocurre con estas desventuradas mujeres cuando aman en serio. Han mentido tantas veces que no quieren creerlas y en medio de sus remordimientos son devoradas por su amor.

De ahí esos grandes sacrificios, esos austeros retiros de que han dado ejemplo algunas.

Pero cuando el hombre que inspira ese amor redentor tiene el alma lo bastante generosa para aceptarla sin recordar su pasado, cuando se entrega, en fin, cuando ama, ¡cómo es amado! Ese hombre agota de una sola vez todas las emociones terrestres y después de ese amor su corazón estará cerrado para cualquier otro.

La mañana que regresé a mi casa no hacía estas reflexiones. No habrían sido sino el presentimiento de lo que iba a ocurrirme y, a pesar de mi amor por Marguerite, yo no vislumbraba entonces unas consecuencias semejantes; hoy sí las vislumbro. Ahora que todo ha terminado irrevocablemente, parecen un resultado lógico de lo ocurrido.

Pero volvamos al primer día de nuestra relación. Cuando regresé a casa estaba invadido por una alegría loca. Creía que las barreras puestas por mi imaginación entre Marguerite y yo habían desaparecido, que la poseía, que yo tenía un hueco en su pensamiento, que llevaba en mi bolsillo la llave de su piso y el derecho a servirme de esa llave, estaba feliz de la vida, orgulloso de mí y amaba a Dios, que permitía todo aquello.

Un día un joven pasa por una calle, roza a una mujer, la mira, se vuelve, prosigue su camino. Esa mujer es una desconocida para él, tiene alegrías, penas y amores de los que él no participa. No existe para ella y, quizá, si osara a hablarle ella se burlaría de él como Marguerite había hecho conmigo. Transcurren semanas, meses, años y de golpe, cuando cada uno de ellos ha seguido su destino por un camino diferente, la lógica del azar los pone al uno frente al otro. La mujer se convierte en amante del hombre y le ama. ¿Cómo? ¿Por qué? Sus dos existencias no son sino una; apenas existe intimidad pero parece haber existido siempre y todo lo anterior se borra de la memoria de los dos amantes.

Por lo que a mí se refiere, no recordaba cómo había pasado la víspera. Todo mi ser se exaltaba de alegría al recuerdo de las palabras intercambiadas durante esa primera noche. O Marguerite era hábil para el engaño, o sentía por mí una de esas pasiones súbitas que se manifiestan desde el primer beso y que a veces, por el camino, mueren como han nacido.

Cuanto más pensaba en ello, más me decía que Marguerite no tenía ninguna razón para fingir un amor que no sintiera y me decía también que las mujeres tienen dos formas de amar que pueden derivar una de otra: aman con el corazón o con los sentidos. A menudo, una mujer toma un amante obedeciendo únicamente la voluntad de sus sentidos y sin esperarlo aprende el misterio del amor inmaterial y no vive más que por su corazón; a menudo una joven que no busca en el matrimonio más que la unión de dos efectos puros recibe esa repentina revelación del amor físico, esa enérgica conclusión de las más castas impresiones del alma.

Me dormí entre estos pensamientos. Fui despertado por una carta de Marguerite que decía así:

> Mis órdenes son éstas: esta noche en el Vaudeville. Id durante el tercer entreacto.
>
> M. G.

Guardé aquel billete en un cajón, a fin de tener siempre la realidad a mi lado en caso de duda, como a veces me ocurría.

No me decía que fuera a verla durante el día y no me atreví a presentarme en su casa, pero tenía tan gran deseo de encontrarla antes de la noche que me dirigí a los Campos Elíseos, donde, como la víspera, la vi pasar y bajarse.

A las siete estaba en el Vaudeville.

Jamás había ido yo tan pronto a un teatro.

Todos los palcos se fueron llenando poco a poco; sólo quedó uno vacío: el proscenio del primer piso.

Al principio del tercer acto, oí abrir la puerta de ese palco, sobre el que había tenido casi constantemente puestos los ojos. Apareció Marguerite.

Pasó enseguida a la parte delantera, buscó en la orquesta, me vio allí y me lo agradeció con la mirada. Aquella noche estaba maravillosamente bella.

¿Era yo el motivo de aquella coquetería? ¿Me amaba lo bastante para creer que cuanto más hermosa la encontrara más feliz sería? Todavía lo ignoraba; pero si ésa había sido su intención, había triunfado porque, cuando apareció, las cabezas se volvieron unas hacia otras, y el actor que estaba entonces en escena miró incluso a la que turbaba de aquel modo a los espectadores con su sola aparición. Y yo tenía la llave del piso de aquella mujer y en tres o cuatro horas sería nuevamente mía.

La gente critica a quienes se arruinan por actrices o mujeres mantenidas; lo que me asombra es que no hagan veinte veces más locuras por ellas. Hay que haber vivido, como yo, esa vida para saber cuánto las pequeñas vanidades cotidianas que dan a sus amantes sueldan con fuerza en su corazón, dado que no tenemos otra palabra, el amor que tienen por ellas.

Prudence entró después en el palco y un hombre en el que reconocí al conde de G. se sentó detrás.

Al verle, un estremecimiento pasó por mi corazón.

Indudablemente Marguerite se dio cuenta de la impresión que me había producido la presencia de aquel hombre en su palco, porque de nuevo me sonrió y, dando la espalda al conde, pareció muy atenta a la pieza. En el tercer entreacto se volvió, dijo dos palabras; el conde abandonó el palco, y Marguerite me hizo seña de ir a verla.

—Buenas noches —me dijo cuando entré y me tendió la mano.

—Buenas noches —respondí yo dirigiéndome a Marguerite y a Prudence.

—Sentaos.

—Pero ocupo el puesto de alguien. ¿No va a volver el señor conde de G.?

—Sí; le he mandado a buscarme dulces para que pudiéramos hablar a solas un momento. La señora Duvernoy está en el secreto.

—Sí, hijos míos —dijo ésta—, pero estad tranquilos, no diré nada.

—¿Qué os sucede esta noche? —dijo Marguerite levantándose y yendo hacia la sombra del palco para besarme en la frente.

—Estoy algo mal.

—Tenéis que acostaros —continuó ella con ese aire irónico tan bien hecho para su cabeza fina y espiritual.

—¿Dónde?

—En vuestra casa.

—Sabéis de sobra que no dormiré allí.

—Entonces no tenéis que venir a poner mala cara porque habéis visto a un hombre en mi palco.

—No es por ese motivo.

—Lo es, lo sé de sobra, y os equivocáis; o sea, que no hablemos más de ello. Iréis después del teatro a casa de Prudence y os quedaréis allí hasta que yo os llame. ¿De acuerdo?

—Sí.

¿Podía acaso desobedecer?

—¿Seguís amándome? —continuó ella.

—¿Y vos me lo preguntáis?

—¿Habéis pensado en mí?

—Todo el día.

—¿Sabéis que decididamente tengo miedo de enamorarme de vos? Preguntádselo a Prudence.

—Ah —respondió la gruesa mujer—, es abrumador.

—Ahora, regresad a vuestra luneta; el conde está a punto de volver y no debe encontraros aquí.

—¿Por qué?

—Porque os resulta desagradable verle.

—No; sólo que si me hubierais dicho que deseabais venir al Vaudeville esta noche, yo hubiera podido conseguiros este palco igual que él.

—Por desgracia, me lo ha reservado sin yo pedirlo y se ha ofrecido a acompañarme. Sabéis de sobra que no podía negarme. Lo único que podía hacer era escribiros dónde iba para que me vieseis, y porque yo misma tendría el placer de volver a veros antes; pero, puesto que me lo agradecéis así, aprenderé la lección.

—Me he equivocado, perdonadme.

—Enhorabuena; volved amablemente a vuestro sitio, y sobre todo no juguéis más a los celos.

Me besó de nuevo y salí.

En el corredor encontré al conde, que regresaba. Volví a la luneta.

Después de todo, la presencia del señor de G. en el palco de Marguerite era la cosa más simple. Había sido su amante, le conseguía un palco, la acompañaba al espectáculo, todo aquello era muy lógico y desde el momento en que tenía por amante a una mujer como Marguerite yo debía aceptar sus costumbres.

No por esto fui menos desgraciado el resto de la velada, estaba muy triste al irme, después de haber visto a Prudence, al conde y a Marguerite subir a la calesa que les esperaba a la puerta.

Y, sin embargo, un cuarto de hora después ya estaba en casa de Prudence.

XII

—Habéis venido casi tan rápido como nosotros —me dijo Prudence.

—Sí —respondí maquinalmente—. ¿Dónde está Marguerite?

—En su casa.

—¿Sola?

—Con el señor de G.

Me paseé a grandes zancadas por el salón.

—¿Y ahora qué os pasa?

—¿Creéis que me resulta divertido esperar aquí a que el señor de G. salga de casa de Marguerite?

—No sois nada razonable. Comprended que Marguerite no puede poner al conde en la calle. El señor de G. ha estado mucho tiempo con ella, le ha dado siempre mucho dinero; se lo da todavía. Marguerite gasta más de cien mil francos al año; tiene muchas deudas. El duque le envía lo que le pide, pero no siempre se atreve ella a pedirle todo lo que necesita. No tiene por qué enemistarse con el conde que le da diez mil francos al año, por lo menos. Marguerite os ama, mi querido amigo, pero vuestra relación con ella, tanto en interés suyo como en el vuestro, no debe ser seria. No vais a

sostener el lujo de esta mujer con siete u ocho mil francos; no bastarían ni para el mantenimiento de su coche. Tomad a Marguerite por lo que es, por una buena mujer ingeniosa y bonita; sed su amante durante un mes, durante dos meses; regaladle ramos de flores, dulces y palcos; pero no os metáis otra cosa en la cabeza, y no le hagáis escenas de celos ridículos. Sabéis de sobra con quién tratáis; Marguerite no es una virtud. Le agradáis, vos la amáis, no os preocupéis por lo demás. ¡Yo os encuentro encantador por haceros el susceptible! Tenéis la amante más amena de París. Ella os recibe en un piso magnífico, está cubierta de diamantes, no os costará un céntimo si queréis, y encima no estáis contento. ¡Qué diablos! Pedís demasiado.

—Tenéis razón, pero es más fuerte que yo; la idea de que ese hombre es su amante me hace un daño horrible.

—Ante todo —continuó Prudence—, ¿es aún su amante? Es un hombre al que ella necesita, eso es todo. Desde hace dos días, le ha cerrado su puerta; se ha presentado esta mañana, no ha podido hacer otra cosa que aceptar su palco y dejarle que la acompañara. La ha acompañado a la vuelta, ha subido un momento a su casa, no se va a quedar puesto que vos esperáis aquí. Todo es muy natural, me parece. Además, ¿aceptáis de buena gana al duque?

—Sí, pero es un anciano, y estoy seguro de que Marguerite no es su amante. Además, a menudo se puede aceptar una relación y no aceptar dos. Esta facilidad se parece demasiado a un cálculo y acerca al hombre que lo consiente, incluso por amor, a aquéllos que, un escalón más bajo, hacen oficio de ese consentimiento y provecho de ese oficio.

—¡Querido, qué atrasado estáis! Pues no he visto yo pocos, más nobles, más elegantes, más ricos, hacer lo que os estoy aconsejando, y todo ello sin esfuerzos, sin vergüenza, sin remordimientos. Es algo cotidiano. ¿Cómo queréis que se las arreglen las mujeres mantenidas de París para llevar el tren que llevan, si no tienen tres o cuatro amantes a la vez? No hay fortuna, por considerable que sea, que pueda subvenir por sí sola a los gastos de una mujer como Marguerite. Una fortuna de quinientos mil francos de renta es una fortuna enorme en Francia; pues bien, querido amigo, quinientos mil francos de renta no serían suficientes y he aquí por qué. Un hombre con una renta semejante tiene casa montada, caballos, criados, coches, cacerías, amigos; con frecuencia está casado, tiene hijos, participa en las carreras, juega, viaja, qué sé yo. Todos estos hábitos los ha adquirido de tal forma que no puede dejar de tenerlos sin pasar por estar arruinado y sin provocar un escándalo. En resumen, con quinientos mil francos al año, no puede dar en ese tiempo a una mujer más de cuarenta o de cincuenta mil francos, y es mucho. Pues bien, otros amores completan el gasto anual de la mujer. Con Marguerite es más cómodo todavía: por un milagro del cielo ha caído sobre un anciano riquísimo de más de diez millones, cuya mujer e hija han muerto, que no tiene más que sobrinos que son ricos por sí mismos, que le da todo lo que quiere sin pedirle nada a cambio; pero no puede pedirle más de setenta mil francos al año, y estoy segura de que si le pidiese más, a pesar de su fortuna y del cariño que por ella siente, se los negaría. Todos esos jóvenes con veinte o treinta mil libras de renta en París, es decir, apenas suficiente para vivir en el mundo que frecuentan, saben de sobra, cuando son amantes de una mujer como Marguerite, que con lo que ellos le dan no podría siquiera pagar su piso y sus criados. No le dicen que lo saben, aparentan no ver nada, y cuando están hartos se van. Si tienen la vanidad de pagar todo, se arruinan como imbéciles y van a hacerse matar en África tras haber dejado cien mil francos de deudas en París. ¿Creéis que la mujer les queda agradecida? Nada de eso. Al contrario, ella dice que les sacrifica su posición y que mientras estaba con ellos perdía dinero. ¡Ah!, todos estos detalles os parecen vergonzosos, ¿no es así? Pues son ciertos. Sois un joven encantador, al que amo con todo mi corazón; hace veinte años que vivo entre mantenidas, sé lo que son y lo que valen, y no quisiera ver que tomáis en serio el capricho que una mujer hermosa tiene por vos. Además de esto, admitamos —continuó Prudence— que Marguerite os ama lo bastante como para renunciar al conde y al duque, en caso de que éste se dé cuenta de vuestra relación y le diera a escoger entre vos y él; el sacrificio que haría por vos sería enorme, eso es innegable. ¿Qué sacrificio semejante podríais hacer vos por ella? Cuando la saciedad llegase, cuando ya no quisierais más, ¿qué haríais vos para compensarla por lo que le habríais hecho perder? Nada. La hubierais aislado del mundo en el que estaban su fortuna y su porvenir, ella os hubiera dado sus años más hermosos, y sería olvidada. O vos seríais un hombre ordinario, lanzándole su pasado en cara, le diríais que abandonándola no hacéis más que lo que han hecho sus demás amantes, y la abandonaríais a una miseria segura; o seríais honesto, y creyéndoos forzado a mantenerla a vuestro lado, vos mismo os entregaríais a una desgracia inevitable, porque esta relación, excusable en un joven, no lo es en un hombre maduro. Ella se convierte en un obstáculo para todo, no permite ni familia, ni ambición, esos amores segundos y últimos del hombre. Créeme, pues, amigo mío, tomad las cosas por lo que valen y las mujeres por lo que son, y no deis a una mantenida el derecho de llamarse vuestra acreedora en nada.

Todo estaba prudentemente razonado y con una lógica de la que no hubiera creído capaz a Prudence. No encontraba nada que responderle salvo que tenía razón; le estreché la mano y le agradecí sus consejos.

—Vamos, vamos —me dijo—, desechad esos sueños malsanos y reíd; la vida es encantadora, querido, todo depende del cristal con que se mira. Preguntad a vuestro amigo Gaston: me parece que es alguien que entiende el amor como yo lo entiendo. Tenéis que convenceros de lo siguiente, porque si no os volveréis un muchacho insípido: aquí al lado hay una hermosa mujer que espera con impaciencia que el hombre que está con ella se vaya, que piensa en vos, que os reserva su noche y que os ama, estoy segura. Ahora, venid a la ventana conmigo, y veamos marcharse al conde, que no va a tardar en dejarnos el sitio.

Prudence abrió una ventana, y nos acodamos uno al lado del otro en el balcón.

Ella miraba a los escasos transeúntes, yo fantaseaba.

Todo cuanto me había dicho zumbaba en mi cabeza y no podía dejar de admitir que tenía razón, pero el amor real que sentía por Marguerite apenas podía acomodarse a esa razón. Por eso, de vez en cuando lanzaba unos suspiros que hacían volverse a Prudence y hacían que se encogiera de hombros como un médico que desespera con un enfermo.

«¡Cómo se ve que la vida debe ser corta —decía yo para mis adentros—, por la rapidez de las sensaciones! No conozco a Marguerite más que desde hace dos días, es mi amante sólo desde ayer, y ha invadido de tal forma mi pensamiento, mi corazón y mi vida que la visita de este conde de G. adquiere ante mí las proporciones de una desgracia.»

Por fin, el conde salió, subió a su coche y desapareció. Prudence cerró su ventana.

En ese mismo momento Marguerite nos llamaba.

—Venid deprisa, están poniendo la mesa —decía—, vamos a cenar.

Cuando entré en su casa, Marguerite corrió hacia mí, saltó a mi cuello y me abrazó con todas sus fuerzas.

—¿Seguimos enfadados? —me dijo.

—No, eso se acabó —respondió Prudence—, le he leído la cartilla y ha prometido ser prudente.

—¡Enhorabuena!

Sin querer, fijé mi mirada en la cama: no estaba deshecha y Marguerite ya se había puesto su bata blanca.

Nos sentamos a la mesa.

Encanto, dulzura, extraversión, Marguerite lo tenía todo, y de vez en cuando me veía obligado a reconocer que no tenía derecho a pedirle otra cosa; que muchas personas serían felices en mi lugar y que, como el pastor de Virgilio, yo no tenía más que gozar de los placeres que un dios o mejor una diosa me otorgaba.

Traté de poner en práctica las teorías de Prudence y de ser tan desenfadado como mis dos acompañantes, pero lo que en ellas era naturaleza en mí era esfuerzo y la risa nerviosa que yo tenía, que ellas malinterpretaron, estaba muy cerca de las lágrimas.

Por fin, concluyó la cena y me quedé a solas con Marguerite. Como tenía por costumbre, fue a sentarse en su alfombra, ante el fuego, y a mirar con aire triste la llama del hogar.

¡Pensaba! ¿En qué? Lo ignoro, yo la miraba con amor y casi con terror pensando en lo que estaba dispuesto a sufrir por ella.

—¿Sabes en qué pienso?

—No.

—En una estrategia que he tramado.

—¿Y cuál es?

—Todavía no puedo confiártela, pero puedo decirte su resultado. De ella resultaría que dentro de un mes sería libre, no debería nada a nadie y nos marcharíamos a pasar juntos el verano al campo.

—¿Y no podéis decirme de qué manera?

—No, es preciso que me ames como yo te amo y todo saldrá bien.

—¿Y habéis tramado sola esa estrategia?

—Sí.

—¿Y la pondréis en práctica sola?

—Yo sola soportaré los inconvenientes —me dijo Marguerite con una sonrisa que no olvidaré jamás—, pero compartiremos los beneficios.

No pude dejar de ruborizarme ante la palabra *beneficios;* me acordé de Manon Lescaut comiéndose con Des Grieux el dinero del señor de B.

Respondí en un tono algo duro, levantándome:

—Me permitiréis, mi querida Marguerite, no compartir más que los beneficios de las empresas que yo mismo conciba y realice.

—¿Qué significa esto?

—Significa que me temo mucho que el señor conde de G. sea vuestro socio en esa feliz combinación de la que no acepto ni las cargas ni los beneficios.

—Sois un niño. Creía que me amabais, me he equivocado, de acuerdo.

Y al mismo tiempo se levantó, abrió el piano y comenzó a tocar la *Invitación al vals,* hasta aquel famoso pasaje en tono mayor que siempre la detenía.

¿Era por costumbre o para recordarme el día en que nos habíamos conocido? Todo lo que sé es que con esa melodía los recuerdos volvían a mí y, acercándome a ella, tomé su cabeza entre mis manos y la besé.

—¿Me perdonáis? —le dije.

—Ya lo veis —me respondió—; pero fijaos que sólo estamos en el segundo día y que ya tengo algo que perdonaros. Cumplís muy mal vuestras promesas de obediencia ciega.

—¿Qué queréis, Marguerite? Os amo demasiado, y estoy celoso del menor de vuestros pensamientos. Lo que me habéis propuesto hace un instante me volvería loco de alegría, pero el misterio que precede a la ejecución del proyecto me oprime el corazón.

—Vamos, razonemos un poco —prosiguió ella juntando las manos y mirándome con una sonrisa encantadora que me era imposible resistir—; me amáis, ¿verdad?, y estaríais dichoso de pasar tres o cuatro meses en el campo solo conmigo; yo también sería feliz con esa soledad para dos, no sólo sería feliz sino que lo necesito para mi salud. No puedo dejar París por un tiempo tan largo sin ordenar mis asuntos, y los asuntos de una mujer como yo están siempre muy embrollados; pues bien, he encontrado el medio de conciliar todo, mis negocios y mi amor por vos, sí, por vos, no os riais, cometo la locura de amaros; y encima os dais aires de grandeza y me decís frases grandilocuentes. Niño, tres veces niño, recordad solamente que os amo, y no os preocupéis de nada. ¿De acuerdo?

—De acuerdo en todo lo que queráis, ya sabéis.

—Entonces, antes de un mes estaremos en alguna aldea, paseándonos a orillas del agua y bebiendo leche. Os parece raro que yo, Marguerite Gautier, os hable así; se debe, amigo mío, a que cuando esta vida de París, que parece hacerme tan feliz, no me quema, me aburre y entonces tengo aspiraciones repentinas hacia una existencia más tranquila que me recuerde mi infancia. Siempre se tiene una infancia, sea lo que sea lo que una termine siendo. Estad tranquilo, no voy a deciros que soy la hija de un coronel retirado y que he sido educada en Saint-Denis. Soy una pobre muchacha del campo, y no sabía escribir mi nombre hasta hace seis años. Os tranquilizo, ¿verdad? ¿Por qué me dirijo primero a vos para compartir la alegría del deseo que me ha entrado? Sin duda, porque he reconocido que me amabais por mí y no por vos, mientras que los otros no me han amado nunca más que por ellos. Con mucha frecuencia he estado en el campo, pero jamás como hubiera querido. Cuento con vos para esa dicha fácil, no seáis malvado y concedédmela. Decid lo siguiente: «No va a vivir mucho tiempo y yo me arrepentiría un día de no haber hecho por ella algo fundamental que me pidió y que era tan fácil de hacer».

¿Qué responder a semejantes palabras, sobre todo con el recuerdo de una primera noche de amor y a la espera de una segunda?

Una hora después, tenía a Marguerite entre mis brazos, y si me hubiera pedido cometer un crimen la habría obedecido.

A las seis de la mañana me marché y antes de salir le dije:

—¿Hasta esta noche?

Ella me abrazó muy fuerte pero no me respondió. Durante el día recibí una carta con las siguientes palabras:

> Querido niño: Estoy algo indispuesta y el médico me ordena reposo. Me acostaré temprano esta noche y no os veré. Pero para compensaros os esperaré mañana a mediodía. Os amo.

Mis primeras palabras fueron: «¡Me engaña!».

Un sudor helado cruzó mi frente porque amaba ya demasiado a aquella mujer para que una sospecha semejante no me trastornara.

Y, sin embargo, era de esperar un acontecimiento semejante casi todos los días con Marguerite, y me había ocurrido a menudo con mis otras amantes sin que me preocupase mucho. ¿De dónde venía, pues, el control que aquella mujer tenía sobre mi vida?

Entonces, dado que tenía la llave de su casa, pensé ir a verla como de costumbre. De esta forma sabría la verdad, y si encontraba a un hombre, lo abofetearía.

Antes fui a los Campos Elíseos. Estuve allí cuatro horas. No apareció. Por la noche entré en todos los teatros a los que solía ir. No estaba en ninguno.

A las once me dirigí a la calle d'Antin.

No había luz en las ventanas de Marguerite. Sin embargo, llamé.

El portero me preguntó dónde iba.

—A casa de la señorita Gautier —le dije.

—No ha vuelto.

—Voy a subir para esperarla.

—No hay nadie en su casa.

Evidentemente, aquello era una consigna que yo podía forzar, puesto que tenía la llave, pero temí montar una escena y me fui.

Pero no volví a mi casa, no podía dejar la calle y no perdí de vista la casa de Marguerite. Me parecía que aún tenía algo que saber o al menos que mis sospechas iban a confirmarse.

Hacia media noche, un cupé que yo conocía de sobra se detuvo en el número 9.

El conde de G. bajó de él y entró en la casa tras haber despedido su coche.

Por un momento esperé que, como a mí, le dijeran que Marguerite no estaba en su casa, y que le vería salir, pero a las cuatro de la mañana todavía seguía esperando.

He sufrido mucho durante tres semanas, pero creo que no es nada en comparación con lo que sufrí aquella noche.

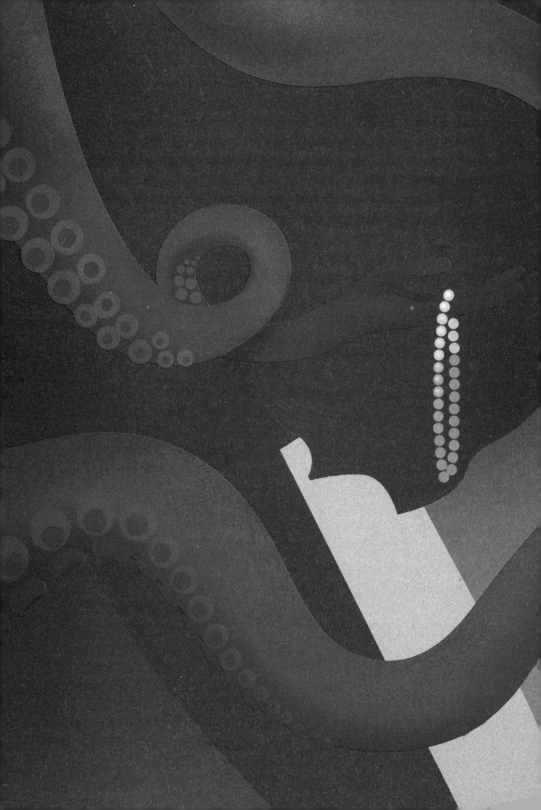

XIII

De vuelta en mi casa, me eché a llorar como un niño. No hay ningún hombre que no haya sido engañado al menos una vez y que no sepa cuánto se sufre por ello.

Bajo el peso de esas decisiones fruto de la agitación, que uno siempre cree tener fuerza suficiente para mantener, me dije que tenía que romper inmediatamente con aquel amor y esperé el día con impaciencia para ir a reservar mi billete y volver junto a mi padre y mi hermana, doble amor del que estaba seguro y que no me engañaría.

Sin embargo, no quería partir sin que Marguerite supiera la razón. Sólo un hombre que no ama decididamente a su amante la deja sin escribirle.

Hice y rehíce cartas en mi cabeza.

Había tenido que vérmelas con una mujer igual a todas las mujeres mantenidas, la había poetizado demasiado, ella me había tratado como a un colegial, empleando para engañarme una trampa de una simplicidad insultante, aquello estaba claro. Mi amor propio se impuso entonces. Tenía que dejar a aquella mujer sin darle la satisfacción de saber lo que esa ruptura me hacía sufrir, y lo que le escribí con mi letra más elegante, con los ojos llenos de lágrimas y el corazón lleno de rabia fue lo siguiente:

Mi querida Marguerite:

Espero que no sea nada vuestra indisposición de ayer. A las once de la noche fui a saber de vuestro estado y me respondieron que no habíais vuelto. El señor de G. fue más afortunado que yo porque se presentó algunos instantes después y a las cuatro de la mañana estaba todavía en vuestra casa.

Perdonadme las horas aburridas que os he hecho pasar; estoy seguro de que jamás olvidaré los momentos felices que os debo. Habría ido a informarme de vuestra salud, pero debo volver con mi padre.

Adiós, mi querida Marguerite; no soy ni lo bastante rico para amaros como querría, ni lo bastante pobre para amaros como vos querríais. Olvidemos, pues, vos un nombre que debe seros casi indiferente, yo una felicidad que se vuelve imposible para mí.

Os devuelvo vuestra llave, que jamás he empleado y que os puede ser útil, si estáis con frecuencia enferma, como lo estabais ayer.

Como veis no tuve fuerza de terminar aquella carta sin una ironía impertinente, lo cual probaba cuán enamorado estaba todavía.

Leí y releí diez veces aquella carta, y la idea de que apenaría a Marguerite me calmó un poco. Traté de infundirme ánimos con los sentimientos que en ella afectaba, y cuando a las ocho mi criado entró en mi cuarto, se la entregué para que la llevara inmediatamente.

—¿Debo esperar respuesta? —me preguntó Joseph (mi criado se llamaba Joseph, como todos los criados).

—Si os preguntan si necesita respuesta, diréis que no sabéis y esperaréis.

Me aferraba a la esperanza de que iba a responderme. ¡Qué necesitados y débiles somos!

Todo el tiempo que mi criado estuvo fuera, quedé sumido en una agitación extrema. Unas veces, recordando cómo Marguerite se había entregado a mí, me preguntaba con qué derecho le escribía yo una carta impertinente cuando ella podía responderme que no era el señor de G. el que me engañaba, sino yo quien engañaba al señor de G.; razonamiento que permite a las mujeres tener muchos amantes. Otras, recordando los juramentos de aquella mujer, quería convencerme de que mi carta era demasiado suave todavía y de que no había expresiones lo bastante fuertes para manchar a una mujer que se reía de un amor tan sincero como el mío. Luego me decía que habría hecho mejor no escribiéndole e ir a su casa durante el día y de esta forma gozar yo de las lágrimas que le habría hecho derramar.

Por fin, me preguntaba cuál iba a ser su respuesta, dispuesto ya a creer la excusa que me diese.

Volvió Joseph.

—¿Y? —le dije.

—Señor —me respondió—, la señora estaba acostada y aún dormía, pero cuando llame al servicio le darán la carta y, si hay una respuesta, la traerán.

¡Estaba durmiendo!

Veinte veces estuve a punto de enviar en busca de aquella carta, pero me decía: «Quizá ya se la han dado y entonces daría la impresión de estar arrepentido.»

Cuanto más se acercaba la hora en que resultaba verosímil que me contestase, más lamentaba yo haberla escrito.

Dieron las diez, las once, las doce.

A mediodía estuve tentado de ir a la cita como si nada hubiera pasado. Por fin, no sabía qué pensar para salir del círculo de fuego que me ahogaba.

Entonces, con esa superstición de las gentes que esperan creí que si salía un poco, a mi regreso encontraría una respuesta. Las respuestas impacientemente esperadas llegan siempre cuando uno no está en casa.

Salí con el pretexto de ir a almorzar.

En lugar de almorzar en el café Foy, en la esquina del bulevar, como solía hacer, preferí ir a almorzar al Palais-Royal y pasar por la calle d'Antin. Cada vez que veía de lejos una mujer, creía ver a Nanine llevándome una respuesta. Pasé por la calle d'Antin sin haberme encontrado siquiera con un recadero. Llegué al Palais-Royal, entré en Véry. El camarero me hizo comer, o mejor me sirvió, lo que quiso, porque no comí.

A mi pesar, mis ojos estaban constantemente fijos en el péndulo.

Volví a casa convencido de encontrar una carta de Marguerite.

El portero no había visto a nadie. Mantenía la esperanza de que mi criado supiera algo. Pero tampoco había visto a nadie desde mi marcha.

Si Marguerite me hubiera querido contestar lo habría hecho ya.

Entonces me puse a lamentar los términos de mi carta; debí haberme callado por completo, lo cual habría sido encender su inquietud; porque al no verme acudir a la cita de la víspera, me habría preguntado las razones de mi ausencia, y sólo entonces yo se las habría dado. De esta forma, no podría haber hecho otra cosa que disculparse, y lo que yo quería era que se disculpase. Presentía ya que cualesquiera que fueran sus razones, las habría creído, porque prefería cualquier cosa a no volver a verla.

Llegué a pensar que vendría ella misma a mi casa, pero las horas pasaron y no vino.

Decididamente, Marguerite no era como las demás mujeres, porque pocas hay que, tras recibir una carta semejante a la que yo acababa de escribir, no respondan algo.

A las cinco corrí a los Campos Elíseos.

«Si la encuentro —pensaba yo—, fingiré indiferencia, y se convencerá de que ya no pienso en ella.»

Al doblar la calle Royale, la vi pasar en su coche; el encuentro fue tan brusco que palidecí. Ignoro si vio mi emoción; yo estaba tan turbado que no vi más que su coche.

No continué mi paseo hacia los Campos Elíseos. Miré los carteles de los teatros, porque aún tenía una posibilidad de verla.

En el Palais Royal había un estreno. Evidentemente, Marguerite iría.

A las siete estaba ya en el teatro.

Todos los palcos se llenaron, pero Marguerite no apareció.

Entonces, dejé el Palais-Royal y entré en todos los teatros donde iba más a menudo, al Vaudeville, al Variedades, a la Ópera Cómica.

No estaba en ninguna parte.

O bien mi carta le había causado demasiada tristeza como para preocuparse por el teatro, o bien temía encontrarse conmigo y quería evitar tener que dar una explicación.

Eso es lo que mi vanidad me susurraba en el bulevar, cuando me encontré con Gaston, que me preguntó de dónde venía.

—Del Palais-Royal.

—Y yo de la Ópera —me dijo—; creía que os vería allí.

—¿Por qué?

—Porque Marguerite estaba allí.

—Ah, ¿estaba allí?

—Sí.

—¿Sola?

—No, con una de sus amigas.

—¿Eso fue todo?

—El conde de G. fue un momento a su palco y luego ella se marchó con el duque. A cada momento esperaba veros aparecer. A mi lado había una luneta que quedó vacía toda la velada, y estaba convencido de que la habíais alquilado vos.

—Pero ¿por qué voy a ir donde Marguerite vaya?

—Porque sois su amante.

—¿Y quién os ha dicho eso?

—Prudence, a quien me encontré ayer. Os felicito, querido; es una hermosa amante, que no tiene todo el que quiere. Conservadla, os honrará.

Esta sencilla reflexión de Gaston me mostró cuán ridículas eran mis susceptibilidades.

Si le hubiera encontrado la víspera y me hubiera hablado de ese modo, desde luego no habría escrito la estúpida carta de la mañana.

Estuve a punto de ir a casa de Prudence y de mandarle decir a Marguerite que tenía que hablarle, pero temía que para vengarse me respondiese que no podía recibirme, y volví a mi casa tras haber pasado por la calle d'Antin.

De nuevo pregunté a mi portero si había alguna carta para mí.

¡Nada!

Lo más horroroso de mi situación era que razonar me hacía daño. ¿Había pagado yo acaso a aquella mujer para tener derecho a criticar su vida y retirándome al segundo día no daba la impresión de un parásito de amor que teme que no se le dé la carta de su cena? ¡Vaya! Hacía treinta y seis horas que conocía a Marguerite, hacía veinticuatro horas que era su amante, y ya me hacía el susceptible; y, en lugar de sentirme totalmente feliz porque ella se compartiese conmigo, quería tenerla sólo para mí y obligarla a romper de golpe con las amistades de su pasado que eran las rentas de su futuro. ¿Qué podía reprocharle yo? Nada. Me había escrito que se encontraba indispuesta, cuando hubiera podido decirme con toda la crueldad, con la odiosa franqueza de ciertas mujeres, que tenía que recibir a un amante; y, en lugar de creer su carta, en lugar de ir a pasearme por cualquier calle de París, excepto por la calle d'Antin, en lugar de pasar la velada con mis amigos y presentarme al día siguiente a la hora que ella me había indicado, hacía el Otelo, la espiaba, y creía castigarla no volviéndola a ver. Al contrario, debía estar encantada de aquella separación; debía encontrarme soberanamente tonto, y su silencio no era siquiera rencor; era desdén. Por supuesto, no dormí por la noche. A las nueve de la mañana, tras haber dado vueltas en mi cabeza a todas las posibilidades, pensé lo siguiente: el medio más ingenioso podía ser cargado a la cuenta del azar, en caso de que triunfase. Me dirigí a casa de Prudence, que me preguntó a qué debía ella aquella visita matutina.

No me atreví a decirle el verdadero motivo. Le respondí que había salido temprano para reservar un asiento en la diligencia de C., donde vivía mi padre.

—Sois muy afortunado —me dijo— por poder dejar París con este hermoso tiempo.

Miré a Prudence, preguntándome si no se burlaba de mí.

Pero su rostro estaba serio.

—¿Iréis a despediros de Marguerite? —prosiguió ella con seriedad.

—No.

—Hacéis bien.

—¿Eso os parece?

—Naturalmente. Si habéis roto con ella, ¿para qué volverla a ver?

—¿Sabéis, pues, nuestra ruptura?

—Me enseñó vuestra carta.

—Y ¿qué os ha dicho?

—Me ha dicho: «Querida Prudence, vuestro protegido no es cortés; estas cartas se piensan, pero no se escriben».

—¿Y en qué tono os lo ha dicho?

—Riendo y ha añadido: «Ha cenado dos veces en mi casa y ni siquiera me ha hecho la visita de digestión».

He ahí el efecto que mi carta y mis celos habían producido. Me sentí cruelmente humillado en la vanidad de mi amor.

—¿Y qué hizo ayer noche?

—Fue a la Ópera.

—Ya lo sé. Y ¿luego?

—Cenó en su casa.

—¿Sola?

—Con el conde de G., según creo.

O sea, que mi ruptura no había cambiado en nada las costumbres de Marguerite.

Por circunstancias como éstas ciertas personas os dicen: «No tenéis que pensar más en esa mujer que no os amaba».

—Bueno, estoy contento de ver que Marguerite no llora por mí —proseguí con una sonrisa forzada.

—Y tiene mucha razón. Habéis hecho lo que debíais hacer, habéis sido más razonable que ella, porque esa mujer os amaba, no hacía más que hablar de vos y habría sido capaz de hacer alguna locura.

—¿Por qué no me ha respondido, si me ama?

—Porque ha comprendido que hacía mal en amaros. Además, las mujeres permiten a veces que alguien engañe su amor, nunca que hieran su amor propio, y se hiere siempre el amor propio de una mujer cuando dos días después de haberse convertido en su amante, se la deja, sean las que fueren las razones que se dan para esta ruptura; conozco a Marguerite, moriría antes de responderos.

—¿Qué debo hacer entonces?

—Nada. Os olvidará, vos la olvidaréis y no tendréis nada que reprocharos el uno al otro.

—Pero ¿si le escribiese pidiéndole perdón?

—Guardaos de ello, os perdonaría.

Estuve a punto de abrazar a Prudence.

Un cuarto de hora después había vuelto a mi casa y escribía a Marguerite:

Alguien que se arrepiente de una carta que escribió ayer, que partirá mañana si no le perdonáis, querría saber a qué hora podrá poner su arrepentimiento a vuestros pies. ¿Cuándo os encontrará sola? Porque, como sabéis, las confesiones deben hacerse sin testigos.

Doblé aquella especie de madrigal en prosa y lo envié mediante Joseph, que entregó la carta a la misma Marguerite; le contestó que respondería más tarde.

No salí más que un momento para ir a cenar, y a las once de la noche no tenía todavía respuesta.

Decidí entonces no sufrir más tiempo y partir al día siguiente.

Como consecuencia de esta decisión, convencido de que no me dormiría aunque me acostase, me puse a hacer las maletas.

XIV

Hacía poco más o menos una hora que Joseph y yo nos prepará-bamos para mi partida cuando llamaron violentamente a la puerta.

—¿Debo abrir? —me dijo Joseph.

—Abrid —le dije preguntándome quién podía venir a semejante hora a mi casa, sin atreverme a pensar que fuera Marguerite.

—Señor —dijo Joseph al volver a entrar—, son dos damas.

—Somos nosotras, Armand —gritó una voz que reconocí como la de Prudence.

Salí de mi cuarto. Prudence, de pie, miraba algunos objetos de mi salón; Marguerite, sentada en el canapé, pensaba.

Cuando entré fui hacia ella, me arrodillé, le tomé las dos manos y completamente conmovido le dije:

—Perdón.

Me besó en la frente y me dijo:

—Es la tercera vez que os perdono.

—Iba a marcharme mañana.

—¿Mi visita puede cambiar vuestra resolución? No vengo para impedi-ros abandonar París. Vengo porque no he tenido en todo el día tiempo para responderos, y no he querido dejaros creer que estaba enfadada con vos. Prudence incluso no quería que viniese; decía que quizá iba a molestaros.

—¿Molestarme vos, Marguerite? ¿Cómo?

—¡Vaya!, podríais tener una mujer en vuestra casa —dijo Prudence—, y no le habría divertido ver llegar a otras dos.

Durante esta observación de Prudence, Marguerite me miraba atenta.

—Mi querida Prudence —respondí—, no sabéis lo que decís.

—Es muy agradable vuestro piso —replicó Prudence—; ¿se puede ver el dormitorio?

—Sí.

Prudence pasó a mi cuarto, menos para inspeccionarlo que para reparar la tontería que acababa de decir y dejarnos solos a Marguerite y a mí.

—¿Por qué habéis traído a Prudence? —le dije entonces.

—Porque estaba conmigo en el teatro, y al venir hacia aquí quería tener a alguien para acompañarme.

—¿No estaba yo?

—Sí, pero, además de que no quería molestaros, estaba segura de que viniendo hasta mi puerta me pediríais subir a mi casa y, como no podía concedéroslo, no quise que partieseis con el derecho a reprocharme una negativa.

—¿Y por qué no podíais recibirme?

—Porque estoy muy vigilada, y la menor sospecha podría hacerme el mayor de los daños.

—¿Es ésa la única razón?

—Si hubiera otra os la diría; no hemos de volver a tener más secretos el uno con el otro.

—Veamos, Marguerite, no quiero tomar varios caminos para llegar a lo que quiero. Francamente, ¿me amáis un poco?

—Mucho.

—Entonces, ¿por qué me habéis engañado?

—Amigo mío, si yo fuera la señora duquesa tal o cual, si tuviera doscientas mil libras de renta, fuera vuestra amante y tuviera otro amante distinto a vos, tendríais derecho a preguntarme por qué os engaño, pero yo soy la señorita Marguerite Gautier, tengo cuarenta mil libras de deudas, ni un céntimo de fortuna, y gasto cien mil libras al año; vuestra pregunta se vuelve superflua y mi respuesta, inútil.

—Exacto —dije yo mientras dejaba caer la cabeza sobre las rodillas de Marguerite—, pero yo os amo como un loco.

—Pues bien, amigo mío, hay que amar un poco menos, o comprenderme un poco mejor. Vuestra carta me ha hecho mucho daño. Si fuera libre, primero no habría recibido al conde anteayer, o, tras haberle recibido, habría venido a pedir el perdón que vos me pedíais hace un momento, y no tendría en el futuro otro amante distinto a vos. Por un momento he creído poder darme esa felicidad durante seis meses; vos no lo habéis querido; teníais que conocer los medios, y ¡por Dios que eran fáciles de adivinar! Era un sacrificio mayor del que creéis que hago al emplearlos. Hubiera podido deciros: «Necesito veinte mil francos»; vos estáis enamorado de mí, los hubierais encontrado con riesgo de reprochármelos más tarde. Prefiero no deberos nada; vos no habéis comprendido esta sutileza, porque lo es. Nosotras, cuando aún tenemos algo de corazón, damos a las palabras y a las cosas una extensión y un desarrollo desconocidos por las demás mujeres; os repito, por tanto, que, de parte de Marguerite Gautier, el medio que ella encontraba de pagar sus deudas sin pediros el dinero necesario era una sutileza que deberíais haber aprovechado sin decir nada. Si me hubierais conocido hoy, os sentiríais demasiado feliz de lo que os prometía, y no me preguntaríais lo que hice anteayer. A veces nos vemos forzados a comprar una satisfacción para nuestra alma a costa de nuestro cuerpo, y sufrimos mucho más cuando después esa satisfacción se nos escapa.

Yo escuchaba y miraba a Marguerite con admiración. Cuando pensaba que aquella maravillosa criatura, de la que antes habría deseado besar los pies, consentía en permitirme entrar en su pensamiento, en darme un papel en su vida, y que yo me contentaba con lo que me diese, me preguntaba si el deseo del hombre tiene límites cuando, satisfecho tan rápidamente como el mío lo había sido, tiende aún a algo más.

—Es verdad —continuó ella—; nosotras, criaturas del azar, tenemos deseos fantásticos y amores inconcebibles. Nos entregamos por una cosa unas veces, otras por otra. Hay gentes que se arruinarían sin obtener nada de nosotras, hay otros que nos consiguen con un ramo de flores. Nuestro corazón tiene caprichos: es su única distracción y su única excusa. Me he entregado a ti antes que a ningún hombre, te lo juro. ¿Por qué? Porque al verme escupir sangre me has tomado de la mano, porque has llorado, porque eres la única criatura humana que ha querido compadecerme. Voy a decirte una locura; tuve un perrito que me miraba con aire completamente triste cuando tosía: es el único ser al que he amado.

»Cuando murió, lloré más que en la muerte de mi madre. Es cierto que ella me había golpeado durante doce años de su vida. Pues bien, te he amado inmediatamente tanto como a mi perro. Si los hombres supieran lo que se puede conseguir con una lágrima, serían más amados y los arruinaríamos menos.

»Tu carta te ha desmentido, me ha revelado que no tenías todas las inteligencias del corazón, te ha hecho más daño en el amor que yo sentía por ti que todo lo que hubieras podido hacerme. Eran celos, cierto, pero celos irónicos e impertinentes. Yo ya estaba triste cuando recibí la carta, contaba con verte a mediodía, almorzar contigo, borrar, en fin, con tu vista un incesante pensamiento que tenía y que antes de conocerte admitía sin esfuerzo.

»Además —continuó Marguerite—, eras la única persona ante la cual yo hubiera podido comprender inmediatamente que podía pensar y hablar libremente. Todos los que rodean a mujeres como yo tienen interés en escrutar sus menores palabras, en sacar una consecuencia de sus insignificantes acciones. Naturalmente, no tenemos amigos. Tenemos amantes egoístas que gastan su fortuna, no por nosotras, como dicen, sino por su propia vanidad.

»Para esas gentes, tenemos que estar alegres cuando están alegres, sanas cuando quieren cenar, escépticas como ellos lo son. Nos está prohibido tener corazón so pena de ser abucheadas y de arruinar nuestro crédito.

»Ya no nos pertenecemos. Ya no somos seres sino cosas. Somos las primeras en su amor propio, las últimas en su estima. Tenemos amigas, pero son amigas como Prudence, mujeres antiguamente mantenidas que aún tienen gustos caros que su edad ya no les permite. Entonces se convierten en nuestras amigas o, mejor dicho, en nuestras comensales. Su amistad llega hasta la servidumbre, jamás hasta el desinterés. Jamás nos dieron un consejo que no fuera lucrativo. Poco les importa que tengamos diez amantes más, con tal que ellas ganen con ello ropas o un brazalete, y que puedan pasear de vez en cuando en nuestro coche y acudir al espectáculo en nuestro palco. Les damos nuestros ramos de la víspera y nos piden prestadas nuestras cachemiras. Jamás nos hacen un servicio por pequeño que sea sin hacérselo pagar el doble de lo que vale. Tú mismo lo viste la noche en que Prudence me trajo seis mil francos que yo le había rogado ir a pedir en mi nombre al duque; me pidió quinientos francos que no me devolverá jamás o que me pagará en sombreros que nunca saldrán de sus sombrereras.

»No podemos tener o, mejor, yo no podía tener más que una felicidad: y era, triste como lo soy a veces, dolorosa como lo soy siempre, encontrar a un hombre lo bastante superior para no pedirme cuentas de mi vida y para ser el amante de mis sentimientos más que de mi cuerpo. Este hombre lo había encontrado yo en el duque, pero el duque es viejo, y la vejez no protege ni consuela. No había creído poder aceptar la vida que me daba; pero, ¿qué quieres? Me moría de aburrimiento y, para consumirse, lo mismo da echarse en un incendio que asfixiarse con el gas.

»Fue entonces cuando te encontré a ti, joven, ardiente, feliz, y traté de hacer de ti el hombre al que había llamado en medio de mi soledad. Lo que yo amaba en ti no era el hombre que eras sino el que debías ser. Tú no aceptas ese papel, lo rechazas como indigno de ti, eres un amante vulgar; haz como los demás, págame y no hablemos más.

Marguerite, a quien esta larga confesión había fatigado, se echó en el canapé y, para apagar un débil acceso de tos, llevó su pañuelo a sus labios e incluso a sus ojos.

—Perdón, perdón —murmuré yo—, había comprendido todo eso pero quería oírtelo decir, Marguerite adorada. Olvidemos el resto y recordemos sólo una cosa: que somos el uno del otro, que somos jóvenes y que nos amamos. Marguerite, haz de mí lo que quieras, yo soy tu esclavo, tu perro; pero, en nombre del cielo, rompe esa carta que te he escrito y no me dejes marcharme mañana; me moriría.

Marguerite sacó mi carta del corpiño de su vestido y al entregármela me dijo con una sonrisa de dulzura inefable:

—Toma, te la devolvía.

Rompí aquella carta y, entre lágrimas, besé la mano que me la entregaba.

En aquel momento reapareció Prudence.

XV

—**H**ubiera podido —me dijo Armand— contaros en unas pocas líneas los inicios de esta relación, pero quería que vierais a través de qué acontecimientos y por qué gradación llegamos yo a consentir todo lo que Marguerite quería y Marguerite a no poder vivir más que conmigo.

Fue al día siguiente de la velada en que había ido ella en mi busca cuando le envié *Manon Lescaut.*

A partir de este momento, como no podía cambiar la vida de mi amante, cambié la mía. Ante todo quería no dejar a mi espíritu tiempo para reflexionar sobre el papel que acababa de aceptar, porque, a mi pesar, habría sentido por ello gran tristeza. En consecuencia, mi vida, por lo general tan tranquila, se revistió de golpe de una apariencia de ruido y desorden.

Como os he dicho, yo no tenía fortuna. Mi padre era y es todavía recaudador general en C. Tiene una gran reputación de lealtad, gracias a la cual encontró la fianza que había que depositar para entrar en funciones. Esa recaudación le da cuarenta mil francos anuales y en los diez años que ejerce, ha devuelto su fianza y se ha preocupado por ahorrar la dote de mi hermana. Mi padre es el hombre más honorable que se puede encontrar. Al morir, mi madre dejó seis mil francos de renta que él repartió entre mi hermana y yo el día en que obtuvo el cargo que solicitaba; luego, cuando tuve veintiún años, unió a esa pequeña renta una pensión anual de cinco mil francos, asegurándome que con ocho mil francos yo podría ser feliz en París, si quería crearme al lado de esta renta una posición en la abogacía o en la medicina. Vine, por tanto, a París, hice la carrera de derecho, fui nombrado abogado y, como muchos jóvenes, metí el diploma en mi bolsillo y me dejé arrastrar un poco por la vida descuidada de París. Mis gastos eran muy modestos; sólo que gastaba en ocho meses mi renta anual y pasaba los cuatro meses de verano en casa de mi padre, lo que suponía de hecho doce mil libras de renta y me daba la reputación de buen hijo. Por lo demás, ni un céntimo de deudas.

Ésa era mi situación cuando conocí a Marguerite.

Como comprenderéis, a mi pesar, mi tren de vida aumentó. Marguerite era de naturaleza muy caprichosa y formaba parte de esas mujeres que jamás han considerado un gasto serio las mil distracciones de que se compone su existencia. De ello resultaba que, queriendo pasar conmigo el mayor tiempo posible, me escribía por la mañana que comería conmigo no en su casa, sino en algún restaurante, bien en París, bien en el campo. Yo iba a buscarla, comíamos, íbamos al teatro, cenábamos a menudo, y por la noche ya había gastado yo cuatro o cinco luises, lo que constituía dos mil quinientos o tres mil francos por lo menos, lo cual reducía mi año a tres meses y medio, y me ponía en la tesitura de contraer deudas o dejar a Marguerite.

Pero yo aceptaba todo, excepto esta última eventualidad.

Perdonadme si os doy todos estos detalles, pero veréis que fueron la causa de los acontecimientos que van a seguir. Lo que os cuento es una historia verdadera, sencilla, y en la que dejo toda la ingenuidad de los detalles y todo el prosaísmo de los efectos y las causas.

Comprendí, pues, que, como nada en el mundo tendría sobre mí influencia para hacerme olvidar a mi amante, tenía que encontrar un medio de sostener los gastos que me obligaba hacer. Además, aquel amor me alteraba hasta el punto de que todos los momentos que pasaba lejos de Marguerite eran años, y había sentido la necesidad de quemar esos momentos en el fuego de una pasión cualquiera, y de vivirlos tan deprisa que no me diese cuenta de que los vivía.

Comencé a tomar prestados cinco o seis mil francos de mi pequeño capital, y me puse a jugar, porque desde que han desaparecido las casas de juego se juega en todas partes. Antiguamente, cuando uno entraba en Frascati, era posible hacer allí fortuna; se jugaba dinero contra dinero, y si se perdía uno tenía el consuelo de decirse que habría podido ganar; mientras que ahora, salvo en los círculos, donde hay cierta severidad para el pago, uno tiene casi la certeza, cuando gana una suma importante, de no cobrarla. Fácilmente comprenderá por qué.

El juego sólo puede ser practicado por jóvenes con grandes necesidades y carentes de la fortuna necesaria para sostener la vida que llevan; juegan, por tanto, y de ello resulta naturalmente que cuando ganan, los perdedores sirven para pagar los caballos y las amantes de esos señores, lo cual resulta muy desagradable. Se contraen deudas; relaciones iniciadas alrededor de un tapiz verde terminan en querellas, donde el honor y la vida siempre se desgarran algo; y cuando uno es honesto, se encuentra arruinado por honestísimos jóvenes cuyo único defecto es no tener doscientas mil libras de renta.

No necesito hablaros de los que roban en el juego, y de quienes uno cierto día descubre su forzosa marcha y la tardía condena.

Me lancé, pues, a esa vía rápida, aturdidora, volcánica, que en otro tiempo me asustaba cuando pensaba en ella y que se había vuelto para mí el complemento inevitable de mi amor por Marguerite. ¿Qué queríais que hiciese?

Las noches que no pasaba en la calle d'Antin, si las hubiera pasado solo en mi casa no habría dormido. Los celos me habrían tenido despierto y me habrían quemado el pensamiento y la sangre, mientras que el juego apartaba de mí por un momento la fiebre que hubiera invadido mi corazón y lo volcaba sobre una pasión cuyo interés me dominaba a pesar mío, hasta que sonaba la hora en que debía dirigirme a casa de mi amante. Entonces, y en esto reconocía yo la violencia de mi amor, ganase o perdiese dejaba despiadadamente la mesa, compadeciendo a los que en ella se quedaban y que no iban a encontrar como yo la felicidad dejándola.

Para la mayoría, el juego era una necesidad; para mí, un remedio.

Curado de Marguerite, estaría curado del juego.

Por eso, en medio de todo aquello, conservaba bastante sangre fría; no perdía más de lo que podía pagar y no ganaba más de lo que hubiera podido perder.

Por lo demás, la suerte me favoreció. No contraía deudas y gastaba tres veces más dinero que cuando no jugaba. No era fácil resistirse a una vida que me permitía satisfacer sin molestarme los mil caprichos de Marguerite. En cuanto a ella, seguía amándome igual e incluso más.

Como ya os he dicho, había comenzado primero por ser recibido sólo de las doce de la noche a las seis de la mañana, luego fui admitido de vez en cuando en lo palcos, luego vino a cenar a veces conmigo. Una mañana no me fui hasta las ocho, y llegó un día en que no me marché hasta mediodía.

A la espera de la metamorfosis moral, se había operado en Marguerite una metamorfosis física. Yo había emprendido su curación, y la pobre, adivinando mi objetivo, me obedecía como muestra de gratitud. Poco a poco y sin esfuerzo, conseguí aislarla casi por entero de sus antiguos hábitos. Mi médico, a quien le hice visitar, me dijo que sólo el reposo y la calma podían conservarle la salud; por eso conseguí sustituir las cenas y los insomnios por un régimen sano y el sueño regular. A su pesar, Marguerite se habituaba a esta nueva existencia cuyos efectos saludables sentía. Ya comenzaba a pasar algunas noches en casa o, si hacía bueno, se envolvía en una cachemira, se cubría con un velo, y nos íbamos a pie, como dos niños, a pasar la noche en las avenidas sombrías de los Campos Elíseos. Regresaba fatigada, cenaba ligeramente, se acostaba tras haber tocado algo de música o después de haber leído, cosa que nunca había hecho. Las toses, que cada vez que las oía me desgarraban el pecho, habían desaparecido casi por completo.

Al cabo de seis semanas, ya no se trataba del conde, definitivamente sacrificado; sólo el duque me obligaba todavía a ocultar mi relación con Marguerite, aunque a menudo había sido despedido mientras yo estaba allí so pretexto de que la señora dormía y había prohibido que la despertasen.

Del hábito, e incluso de la necesidad, que Marguerite había contraído de verme resultó que yo abandoné el juego en el preciso momento en que un jugador avezado lo hace. En resumidas cuentas, gracias a mis ganancias, me encontraba dueño de una decena de miles de francos que me parecían un capital inagotable.

Había llegado la época en la que solía ir a reunirme con mi padre y mi hermana, y no me iba; por eso recibía frecuentemente cartas de uno y de la otra, cartas que me pedían que fuera a verlos.

A todas estas instancias respondía del mejor modo posible, repitiendo siempre que me encontraba bien y que no necesitaba dinero, dos cosas que, según creía consolarían un poco a mi padre por el retraso en mi visita anual.

En esto ocurrió que, una mañana, Marguerite, despertada por un sol resplandeciente, saltó de su cama y me preguntó si quería llevarla todo el día al campo.

Enviamos en busca de Prudence y partimos los tres, después de que Marguerite ordenase a Nanine decir al duque que había querido aprovechar aquel día y que había ido al campo con la señora Duvernoy.

Además de que la presencia de la Duvernoy era precisa para tranquilizar al viejo duque, Prudence era una de esas mujeres que parecen hechas adrede para esas excursiones de campo. Con su alegría inalterable y su eterno apetito, no podría dejar un momento de aburrimiento a aquéllos a quienes acompañaba, y sabría apañárselas perfectamente para encargar los huevos, las cerezas, la leche, el conejo salteado y todo lo que compone el almuerzo tradicional de dos enamorados de veinte años.

Sólo nos quedaba saber dónde iríamos.

También fue Prudence quien nos sacó de apuros.

—¿Queréis ir a un verdadero campo? —preguntó.

—Sí.

—Pues bien, vayamos a Bougival, al Point du Jour, a casa de la viuda Arnould. Armand, id a alquilar una calesa.

Hora y media después estábamos en casa de la viuda Arnould.

Quizá conozcáis este albergue, hotel entre semana, merendero el domingo. Desde el jardín, que está a la altura de un primer piso normal, se descubre una vista magnífica. A la izquierda, la vista se extiende sobre una infinidad de colinas; el río, casi sin cauce en ese lugar, se desenrolla como una larga cinta blanca tornasolada, entre la llanura de los Gabillons y la isla de Croissy, eternamente acunada por el estremecimiento de sus altos álamos y el murmullo de sus sauces.

En el fondo, en un amplio rayo de sol, se alzan pequeñas casitas blancas de techos rojos y de manufacturas que, perdiendo con la distancia su carácter duro y comercial, completan admirablemente el paisaje.

¡Al fondo, París, entre la bruma!

Como nos había dicho Prudence, era un auténtico campo, y, debo decirlo, fue un auténtico almuerzo.

No digo todo esto por reconocimiento de la felicidad que le debo: a pesar de su nombre horrible, Bougival es una de las regiones más bonitas que se pueda imaginar. He viajado mucho, he visto mayores cosas, pero no más encantadoras que esta aldea alegremente tendida al pie de la colina que la protege.

La señora Arnould nos ofreció dar un paseo en barca, cosa que Marguerite y Prudence aceptaron con alegría.

Siempre se ha asociado al campo con el amor, y con acierto: nada enmarca mejor a la mujer que uno ama como el cielo azul, los aromas, las flores, las brisas, la soledad esplendente de los campos o los bosques. Por mucho que se ame a una mujer, por más confianza que se tenga en ella, por más certeza que sobre el futuro os dé su pasado, uno siempre es más o menos celoso. Si habéis estado enamorado, seriamente enamorado, habéis debido experimentar esa necesidad de aislar del mundo al ser en el que queréis vivir por entero. Parece que, por indiferente que ella sea a lo que le rodea, la mujer amada pierde su perfume y su unidad al contacto de los hombres y de las cosas. Yo lo experimentaba mejor que nadie. Mi amor no era un amor ordinario; yo estaba tan enamorado como una criatura ordinaria puede estarlo, pero de Marguerite Gautier, es decir, que en París, a cada paso, podía rozarme con un hombre que había sido amante de aquella mujer o que lo sería al día siguiente, mientras que en el campo, en medio de gentes que jamás habíamos visto y que no se fijaban en nosotros, en el seno de una naturaleza completamente adornada por su primavera, ese perdón anual, y separada del ruido de la ciudad, yo podía ocultar mi amor y amar sin vergüenza ni temor.

Allí la cortesana desaparecía paulatinamente. Tenía junto a mí a una mujer joven, hermosa, a la que amaba, de la que era amado y que se llamaba Marguerite: el pasado ya no tenía formas, el futuro ya no tenía nubes. El sol iluminaba a mi amante como hubiera iluminado a la más casta prometida. Marguerite llevaba un vestido blanco, se reclinaba en mi brazo, me repetía por la noche bajo el cielo estrellado las palabras que me había dicho la víspera, y el mundo continuaba lejos su vida sin manchar con su nombre el risueño cuadro de nuestra juventud y de nuestro amor.

Ése era el sueño que a través de las hojas me traía el sol ardiente de aquella jornada mientras, tumbado en la hierba de la isla en que habíamos atracado, libre de todos los vínculos humanos que lo retenía antes, dejaba mi pensamiento vagar y guardar todas las esperanzas que encontraba.

Añadid a esto que desde el lugar en que estaba veía en la orilla una encantadora casita de dos pisos, con una verja en hemiciclo; a través de la verja, delante de la casa, un césped verde, uniforme como terciopelo, y detrás del edificio, un pequeño bosque lleno de misteriosos rincones y cuyos senderos, creados durante el día, el musgo borraba cada mañana.

Flores trepadoras ocultaban la escalinata de aquella casa deshabitada que cubrían hasta el primer piso.

A fuerza de mirar aquella casa terminé por convencerme de que era mía, ¡tan bien resumía el sueño que yo estaba viviendo! Nos vi en ella a Marguerite y a mí, de día en el bosque que cubría la colina, de noche sentados en el césped, y me preguntaba si criaturas terrestres habrían sido alguna vez tan felices como nosotros.

—¡Qué casa tan bonita! —me dijo Marguerite, que había seguido la dirección de mi mirada y quizá de mi pensamiento.

—¿Dónde? —dijo Prudence.

—Allá.

Y Marguerite señalaba con el dedo la casa en cuestión.

—Ah, encantadora —replicó Prudence—, ¿os gusta?

—Mucho.

—Pues bien, decid al duque que os la alquile; os la alquilará, estoy segura de ello. Si queréis, yo me encargo.

Marguerite me miró como para preguntarme qué pensaba yo de aquella idea.

Mi sueño había volado con las últimas palabras de Prudence, y éstas me habían devuelto tan brutalmente a la realidad que aún estaba completamente aturdido de la caída.

—En efecto, es una idea excelente —balbuceaba yo sin saber lo que decía.

—Pues bien, yo lo arreglaré —dijo estrechándome la mano Marguerite, que interpretaba mis palabras según su deseo—. Ante todo vamos a ver si se alquila.

La casa estaba vacía y en alquiler por dos mil francos.

—¿Estaréis feliz aquí? —me dijo.

—¿Será prudente que yo esté aquí?

—¿Y por qué iba a venir a encerrarme yo ahí si no fuera por vos?

—Entonces, Marguerite, dejadme alquilar a mí esta casa.

—¿Estáis loco? No sólo es inútil sino que sería peligroso; sabéis que no tengo derecho a aceptar nada salvo de un solo hombre; dejadme hacer a mí, niño grande y no digáis nada.

—Cuando tenga dos días libres, vendré a pasarlos con vosotros —dijo Prudence.

Dejamos la casa y volvimos a tomar el camino de París mientras hablábamos de aquella nueva resolución. Yo tenía a Marguerite en mis brazos, y, al bajar del coche, empezaba a considerar el plan de mi amante con espíritu menos escrupuloso.

XVI

Al día siguiente, todo estaba arreglado. El duque consintió en todo. Yo no le conocía pero confieso que me ruborizó mi conducta.

—Pero eso no es todo —prosiguió Marguerite.

—¿Qué más?

—Me he preocupado por el alojamiento de Armand.

—¿En la misma casa? —preguntó Prudence riendo.

—No, en el Point du Jour, donde el duque y yo hemos almorzado. Mientras él miraba la vista, he preguntado a la señora Arnould, porque se llama señora Arnould, ¿verdad?, le he preguntado si tenía alguna habitación conveniente. Precisamente tiene una, con salón, antecámara y dormitorio. Pienso que es todo lo que se necesita. Sesenta francos al mes. Todo amueblado de tal forma que puede distraer a un hipocondríaco. He reservado el alojamiento. ¿He hecho bien?

Me abracé a Marguerite.

—Será encantador —continuó ella—, tenéis una llave de la puerta pequeña, y he prometido al duque una llave de la verja, que no usará, porque cuando venga vendrá de día. Entre nosotros, creo que está encantado con este capricho que me aleja de París durante algún tiempo y hará callar un

poco a su familia. Sin embargo, me ha preguntado cómo yo, que amo tanto París, podía decidirme a enterrarme en aquel campo; le he respondido que estaba indispuesta y que era para descansar. Me ha parecido que se lo creía a medias. Este pobre viejo está siempre acorralado. Hemos de tomar muchas precauciones, mi querido Armand, porque hará que me vigilen allí, y no sólo me alquila una casa: además tiene que pagar mis deudas, y por desgracia tengo unas cuantas. ¿Os parece bien?

—Sí —respondí tratando de acallar todos los escrúpulos que aquella forma de vivir despertaba en mí de vez en cuando.

—Hemos inspeccionado la casa en todos sus detalles, y estaremos a las mil maravillas. El duque se preocupaba por todo. Ah, querido —añadió enloquecida y abrazándome—, sois muy afortunado, es un millonario el que os hace la cama.

—¿Y cuándo os iréis? —preguntó Prudence.

—Lo antes posible.

—¿Os llevaréis vuestro coche y vuestros caballos?

—Me llevaré toda la casa. Vos os encargaréis de mi piso durante mi ausencia.

Ocho días después Marguerite había tomado posesión de la casa de campo y yo estaba instalado en el Point du Jour.

Entonces comenzó una existencia que a duras penas podría describiros.

Al principio de su estancia en Bougival, Marguerite no pudo romper completamente con sus hábitos, y como la casa estaba siempre en fiestas, todas sus amigas iban a verla; durante un mes no hubo día que Marguerite no tuviera ocho o diez personas que conocía y les hacía todos los honores de la casa, como si le perteneciera.

El dinero del duque pagaba todo aquello, como podréis suponer, y, sin embargo, de vez en cuando Prudence me pedía algún billete de mil francos, supuestamente en nombre de Marguerite. Ya sabéis que había hecho algunas ganancias en el juego: me apresuré, pues, a entregar a Prudence aquello que Marguerite me pedía a través de ella y, por temor a que necesitara más de lo que yo tenía, vine a París a pedir prestada una suma igual a la que ya antes había pedido, y que había devuelto cumplidamente.

Me encontraba de nuevo rico con una decena de miles de francos, sin contar mi pensión.

Sin embargo, el placer que experimentaba Marguerite recibiendo a sus amigas se calmó algo ante los gastos a que aquel placer la arrastraba y sobre todo ante la necesidad en que se veía a veces de pedirme dinero. El duque, que había alquilado aquella casa para que Marguerite descansara en ella, no aparecía, temiendo siempre encontrar allí una jovial y numerosa compañía por la que no quería ser visto. Se debía sobre todo a que, yendo un día a cenar a solas con Marguerite, había caído en medio de un almuerzo de quince personas que todavía no había concluido a la hora en que pensaba sentarse a la mesa para cenar. Cuando, sin sospechar nada, abrió la puerta del comedor, una risa general acogió su entrada, y se vio obligado a retirarse bruscamente ante la impertinente alegría de las mujeres que allí se encontraban.

Marguerite se levantó de la mesa, fue en busca del duque a la habitación vecina y trató de hacerle olvidar aquel incidente como pudo, pero el viejo, herido en su amor propio, había guardado rencor: le dijo a la pobre que estaba harto de pagar las locuras de una mujer que no sabía siquiera hacer que se le respetase en su casa, y se marchó enfurecido.

Desde aquel día no se volvió a oír hablar de él. Aunque Marguerite había despedido a sus invitados y cambiado sus costumbres, nada se había vuelto a saber del duque. Yo había ganado que mi amante me perteneciese más por entero y que mi sueño se realizara finalmente. Marguerite ya no podía prescindir de mí. Sin inquietarse por lo que de ello se derivara, hacía pública nuestra relación y yo había llegado a no salir de su casa. Los criados me llamaban señor y me miraban oficialmente como su señor.

Al hilo de esa nueva vida, Prudence había sermoneado a Marguerite, pero ésta le había contestado que me amaba, que no podía vivir sin mí y que pasara lo que pasara no renunciaría a la felicidad de tenerme constantemente a su lado, añadiendo que aquéllos a los que no les gustara eran libres de no volver.

Eso fue lo que oí un día en que Prudence le había dicho a Marguerite que tenía que comunicarle algo muy importante y que yo había escuchado desde la puerta de la habitación en que se habían encerrado.

Algún tiempo después volvió Prudence.

Yo estaba al fondo del jardín cuando entró; no me vio. Por la forma en que Marguerite había salido a su encuentro, sospeché que de nuevo iba a tener lugar una conversación semejante a la que ya había yo sorprendido, y quise oírla como la otra.

Las dos mujeres se encerraron en un gabinete y me puse a escuchar.

—Y bien —dijo Marguerite.

—He visto al duque.

—¿Qué os ha dicho?

—Que os perdonaba gustosamente la primera escena, pero que había sabido que vivíais públicamente con el señor Armand Duval, y que esto no os lo perdonaría. Me ha dicho: «Que Marguerite deje a ese joven y yo le daré, como en el pasado, todo lo que quiera; si no, deberá renunciar a pedirme nada.»

—¿Qué habéis respondido?

—Que os comunicaría su decisión, y le he prometido haceros entrar en razón. Reflexionad, querida niña, sobre la posición que perdéis y que jamás podrá daros Armand. Os ama con toda su alma, pero no tiene suficiente fortuna para subvenir a todas vuestras necesidades, y un día tendrá que dejaros, cuando sea demasiado tarde y cuando el duque no quiera saber nada de vos. ¿Queréis que hable con Armand?

Marguerite parecía reflexionar porque no respondía. El corazón me palpitaba violentamente a la espera de su respuesta.

—No —continuó —, no dejaré a Armand y no me esconderé para vivir con él. Quizá sea una locura, pero le amo. ¿Qué queréis? Ahora que se ha acostumbrado a amarme sin obstáculos sufriría demasiado si tuviera que dejarme aunque no sea más que una hora al día. No me queda mucho tiempo que vivir como para ser desgraciada y poner en práctica los deseos de un viejo cuya sola vista me hace envejecer. Que se guarde su dinero; pasaré sin él.

—¿Y cómo os las arreglaréis?

—No lo sé.

Prudence iba a responder sin duda algo, pero entré bruscamente y corrí a arrojarme a los pies de Marguerite, cubriendo sus manos de lágrimas que me hacía derramar la alegría de ser así amado.

—Mi vida es tuya, Marguerite, ya no necesitas más a ese hombre, ¿no estoy yo aquí? Jamás te abandonaré. ¿Podré pagar alguna vez la felicidad que me das? Nada de coacciones, Marguerite, amémonos. ¿Qué nos importa lo demás?

—¡Oh, sí, te amo, Armand mío! —murmuró echando sus dos brazos alrededor de mi cuello—, te amo como no había creído poder amar. Seremos felices, viviremos tranquilos, y yo diré un eterno adiós a esa vida de la que me avergüenzo ahora. Jamás me reprocharás el pasado, ¿verdad?

Las lágrimas velaban mi voz. No pude responder más que oprimiendo a Marguerite contra mi corazón.

—Entonces —dijo ella volviéndose hacia Prudence y con voz emocionada—, transmitiréis esta escena al duque y añadiréis que no le necesitamos.

A partir de ese día, ya no se volvió a hablar del duque. Marguerite no era ya la mujer que yo había conocido. Evitaba todo lo que hubiera podido recordarme la vida en medio de la que la había encontrado. Jamás mujer alguna, jamás hermana alguna tuvo por su esposo o por su hermano el amor y los cuidados que tenía conmigo. Aquella naturaleza enfermiza estaba presta a todas las impresiones, accesible a todos los sentimientos. Había roto con sus amigas igual que con sus hábitos, con su lenguaje y con los gastos de antaño. Cuando se nos veía salir de la casa para ir a dar un paseo en una encantadora barquita que yo había comprado, nadie hubiera creído jamás que aquella mujer vestida de blanco, cubierta con un gran sombrero de paja y llevando en su brazo el sencillo chal de seda que debía defenderla del frescor del agua era aquella Marguerite Gautier que, cuatro meses antes, era famosa por su lujo y por sus escándalos.

¡Ay!, nos dábamos prisa para ser felices como si hubiéramos adivinado que no podíamos serlo mucho tiempo.

Desde hacía dos meses no habíamos estado siquiera en París. Nadie había venido a vernos excepto Prudence y esa Julie Duprat de la que os he hablado, y a quien Marguerite debía entregar más tarde el conmovedor relato que ahí tengo.

Pasé jornadas enteras a los pies de mi amante. Abríamos las ventanas que daban al jardín y mirando el verano abatirse jovialmente sobre las flores que él hace abrirse y bajo la sombra de los árboles respirábamos al lado uno del otro esta vida verdadera que ni Marguerite ni yo habíamos comprendido hasta entonces.

Aquella mujer tenía sorpresas de niña ante las menores cosas. Había días en que corría por el jardín como una pequeña de diez años tras una mariposa o una libélula. Aquella cortesana, que había hecho gastar en ramos más dinero de lo que necesitaría para vivir cómodamente una familia entera, se sentaba a veces en el césped durante una hora para examinar la simple flor cuyo nombre ella llevaba.

Fue durante esta época cuando leyó muy a menudo *Manon Lescaut*. La sorprendí muchas veces anotando el libro y siempre me decía que cuando una mujer ama, no puede hacer lo que hacía Manon.

El duque le escribió dos o tres veces. Ella reconoció su letra y me dio las cartas sin leerlas.

A veces los términos de estas cartas hacían aflorar lágrimas a mis ojos.

Había creído que al cerrar su bolsa a Marguerite ésta volvería a él, pero cuando vio la inutilidad de aquel medio, no había podido contenerse; le había escrito pidiendo de nuevo como antaño el permiso para volver, cualesquiera que fuesen las condiciones puestas a aquel regreso.

Había, pues, leído aquellas cartas apremiantes y reiteradas, y las había roto sin decir a Marguerite lo que contenían y sin aconsejarle ver nuevamente al anciano, aunque me dominase un sentimiento de piedad por el dolor del pobre hombre, pues temía que ella viera en este consejo el deseo de que se hiciera cargo otra vez de los gastos de la casa, permitiendo al duque sus antiguas visitas; temía por encima de todo que me creyera capaz de negar la responsabilidad de su vida en todas las consecuencias a que su amor por mí podía arrastrarla.

Al no recibir ninguna respuesta, resultó que el duque dejó de escribir, y Marguerite y yo continuamos viviendo juntos sin preocuparnos del futuro.

XVII

Sin embargo, yo sorprendía momentos de tristeza y a veces de lágrimas en Marguerite; le preguntaba de dónde procedía aquella pena súbita y ella me respondía:

—Nuestro amor no es un amor ordinario, querido Armand. Me amas como si yo no hubiera pertenecido nunca a nadie, y tiemblo de que más tarde, arrepintiéndote de tu amor y acusando de crimen mi pasado, me obligues a arrojarme de nuevo a la existencia de la que me has sacado. Piensa que ahora que he conocido una nueva vida moriría si tuviera que volver a la otra. Dime que no me dejarás nunca.

—¡Te lo juro!

Ante esta frase, me miraba como para leer en mis ojos si mi juramento era sincero, luego se arrojaba en mis brazos y ocultando su cabeza en mi pecho me decía:

—¡Es que no sabes cuánto te amo!

Cierta noche, estábamos acodados en el balcón de la ventana, mirábamos la luna, que parecía salir difícilmente de su lecho de nubes, y escuchábamos el viento que agitaba ruidosamente los árboles; nos teníamos de la mano y tras un largo cuarto de hora en silencio Marguerite me dijo:

—Ya llega el invierno, ¿quieres que nos marchemos?

—Y ¿a dónde?

—A Italia.

—¿Te aburres acaso?

—Temo el invierno, temo sobre todo nuestro regreso a París.

—¿Por qué?

—Por muchas cosas.

Y continuó bruscamente, sin darme la razón de sus temores:

—¿Quieres marcharte? Venderé todo lo que tengo, nos iremos a vivir allá, no me quedará nada de lo que fui, nadie sabrá quién soy. ¿Quieres?

—Marchémonos, si eso es lo que quieres, Marguerite; hagamos un viaje —le dije yo—; pero ¿por qué vender cosas que te gustará encontrar a la vuelta? No tengo fortuna lo bastante grande para aceptar semejante sacrificio, pero sí para que podamos viajar a lo grande durante cinco o seis meses, si eso te divierte algo por poco que sea.

—Realmente no —continuó ella dejando la ventana y yendo a sentarse en el canapé, en la sombra de la habitación—. ¿Para qué ir a gastar el dinero allá? Ya te cuesto bastante aquí.

—Me lo estás reprochando, Marguerite, y no es justo.

—Perdón, querido —dijo tendiéndome la mano—, este tiempo de tormenta me daña los nervios; no digo lo que quiero decir.

Y después de besarme cayó en una larga ensoñación.

Se produjeron varias escenas semejantes, y, aunque ignoraba qué las provocaba, no por ello dejaba de sorprender en Marguerite un sentimiento de inquietud por el futuro. Ella no podía dudar de mi amor porque cada día aumentaba y, sin embargo, yo la veía a menudo triste sin que jamás me explicara el motivo de su tristeza, salvo por una causa física.

Temiendo que se fatigase con una vida demasiado monótona, le propuse volver a París, pero siempre rechazaba mi propuesta y me aseguraba que no podía ser feliz en ninguna parte como lo era en el campo.

Prudence no venía casi nunca pero escribía cartas que nunca pude ver y que sumían a Marguerite en una gran preocupación. No sabía qué pensar.

Un día Marguerite se quedó en su habitación. Entré. Estaba escribiendo.

—¿A quién escribes? —le pregunté.

—A Prudence. ¿Quieres que te lea lo que escribo?

Yo sentía rechazo por todo lo que pudiera parecer una sospecha; respondí, por tanto, a Marguerite que no tenía necesidad de saber lo que escribía, y, sin embargo, tenía la certeza de que aquella carta me habría informado de la verdadera causa de sus tristezas.

Al día siguiente, hacía un tiempo soberbio. Marguerite me propuso ir a dar un paseo en barca y visitar la isla de Croissy. Parecía muy alegre; eran las cinco cuando volvimos.

—La señora Duvernoy ha venido —dijo Nanine cuando nos vio llegar.

—¿Y se ha ido? —preguntó Marguerite.

—Sí, en el coche de la señora; ha dicho que lo habían acordado.

—Muy bien —dijo con vehemencia—, que nos sirvan la comida.

Dos días después llegó una carta de Prudence, y durante quince días Marguerite pareció haber roto con sus misteriosas melancolías, por las que no cesaba de pedirme perdón desde que ya no existían.

Sin embargo, el coche no volvía.

—¿Por qué no te devuelve Prudence tu cupé? —le pregunté un día.

—Uno de los caballos está enfermo, y hay reparaciones que hacer en el coche. Más vale que todo se haga mientras estamos aquí, donde no lo necesitamos, que esperar a nuestra vuelta a París.

Prudence vino a vernos algunos días después y me confirmó lo que Marguerite me había dicho.

Las dos mujeres pasearon solas por el jardín, y cuando yo me uní a ellas cambiaron de conversación.

Al irse por la noche Prudence se quejó de frío y rogó a Marguerite que le prestara una cachemira.

Así pasó un mes, durante el que Marguerite estuvo más alegre y fue más amante de lo que nunca había sido.

Sin embargo, el coche no había vuelto, la cachemira tampoco, todo aquello me intrigaba a mi pesar y, como sabía en qué cajón Marguerite ponía las cartas de Prudence, aproveché un momento para abrirlo; pero fue en vano, estaba cerrado con doble vuelta.

Entonces hurgué en aquéllos en que por regla general se encontraban las joyas y los diamantes. Se abrieron sin resistencia, pero los estuches habían desaparecido, con lo que contenían, por supuesto.

Un temor punzante me oprimió el corazón.

Si le exigía a Marguerite la verdad sobre aquellas desapariciones, desde luego no me la confesaría.

—Querida Marguerite —le dije entonces—, quiero pedirte permiso para ir a París. No saben en mi casa dónde estoy y deben haber llegado cartas de mi padre; sin duda, estará inquieto y debo contestarle.

—Vete, querido, pero vuelve pronto.

Me marché.

Corrí inmediatamente a casa de Prudence.

—Veamos —le dije sin preliminares—, respondedme con sinceridad: ¿dónde están los caballos de Marguerite?

—Vendidos.

—¿Y la cachemira?

—Vendida.

—¿Los diamantes?

—Empeñados.

—¿Y quién ha vendido y empeñado?

—Yo.

—¿Por qué no me habéis advertido?

—Porque Marguerite me lo prohibió.

—¿Y por qué no me habéis pedido dinero?

—Porque ella no quería.

—¿Y qué se ha hecho con ese dinero?

—Pagar.

—¿Debe, entonces, mucho?

—Todavía unos treinta mil francos. Ah, querido, ya os lo había dicho; no quisisteis creerme, pero ahora ya estáis convencido. El tapicero ante quien el duque se hizo responsable fue despedido cuando se presentó en casa del duque, que al día siguiente le escribió que no haría nada por la señorita Gautier. Ese hombre quería dinero y hubo que darle adelantos, que fueron los pocos miles de francos que os pedí; luego, almas caritativas le advirtieron que su deudora, abandonada por el duque, vivía con un muchacho sin fortuna; los demás acreedores han sido avisados, han pedido el dinero y han realizado embargos. Marguerite quiso vender todo, pero ya no había tiempo y, además, yo me habría opuesto. Había que pagar y para no pediros dinero vendió sus caballos y sus cachemiras, y empeñó sus joyas. ¿Queréis los recibos de los compradores y las papeletas del monte de piedad?

Y Prudence abrió un cajón y me mostró aquellos papeles.

—¡Ah! —continuó ella con la persistencia de una mujer que tiene derecho a opinar—. ¡Yo tenía razón! ¿Creéis que basta con amarse e irse a vivir al campo una vida pastoral y vaporosa? No, amigo mío, no. Al lado de esta vida ideal, está la vida material, y las resoluciones más castas están sujetas al suelo por hilos absurdos, pero de hierro, que no se rompen fácilmente. Si Marguerite no os ha engañado veinte veces se debe a que es de una naturaleza excepcional. No es porque yo no la haya aconsejado, porque me daba pena ver a la pobre mujer despojarse de todo. ¡No quiso! Me respondió que os amaba y que no os engañaría por nada del mundo. Todo esto es muy bonito, muy poético, pero no es con esa moneda con la que se paga a los acreedores, y hoy no puede salir del atolladero por menos de treinta mil francos, os lo repito.

—Está bien, yo pondré esa suma.

—¿Vais a pedirla prestada?

—Claro que sí.

—Vais a hacer algo muy bonito: vais a enfadaros con vuestro padre, comprometer vuestros recursos, pues no se encuentran treinta mil francos de la noche a la mañana. Creedme, querido Armand, conozco mejor a las mujeres que vos; no hagáis esa locura de la que un día os arrepentiríais. Sed razonable. No os digo que dejéis a Marguerite pero vivid con ella como vivíais a principios del verano. Dejad que ella encuentre los medios para salir del apuro. El duque volverá poco a poco a ella. Aún ayer me decía que el conde de N., si ella quiere, le pagará todas sus deudas y le dará cuatro o cinco mil francos al mes. Para ella será bastante, mientras que para vos siempre será necesario que la abandonéis; no esperéis para ello a estar arruinado; pensad que ese conde de N. es un imbécil, y nada os impedirá ser mientras el amante de

Marguerite. Ella llorará un poco al principio, pero terminará por acostumbrarse, y os agradecerá un día lo que habéis hecho. Imaginad que Marguerite está casada y engaña al marido y ya está. Ya os dije esto una vez, sólo que en aquella época no era más que un consejo y hoy es casi necesidad.

Prudence tenía cruelmente razón.

—Lo cierto es —continuó ella mientras guardaba los papeles que me acababa de enseñar— que las mujeres mantenidas prevén siempre que serán amadas, nunca que ellas amarán; si no pondrían el dinero a un lado y a los treinta años podrían permitirse el lujo de tener un amante a cambio de nada. ¡Si yo hubiera sabido lo que sé! En fin, no digáis nada a Marguerite y traedla a París. Habéis vivido cuatro o cinco meses solo con ella, es bastante razonable; cerrad los ojos, es todo lo que se os pide. Al cabo de quince días tomará al conde de N., ahorrará este invierno y el verano que viene empezaréis de nuevo. Así es como se deben hacer las cosas, querido.

Y Prudence parecía encantada con su consejo, que yo rechazaba con indignación.

No sólo mi amor y mi dignidad me impedían obrar así, sino que estaba completamente convencido de que, al punto que había llegado, Marguerite moriría antes que aceptar esas innobles combinaciones.

—Basta de bromear —le dije a Prudence—, ¿cuánto necesita Marguerite en total?

—Ya os lo he dicho, unos treinta mil francos.

—¿Y cuándo se necesita esa suma?

—Antes de dos meses.

—La tendrá.

Prudence se encogió de hombros.

—Os la entregaré —proseguí— pero me juraréis no decir a Marguerite que he sido yo.

—Tranquilizaos.

—Y si os envía otra cosa para vender o empeñar, avisadme.

—No hay peligro, ya no tiene nada.

Antes había pasado por mi casa para ver si tenía cartas de mi padre. Había cuatro.

XVIII

En las tres primeras cartas mi padre manifestaba su inquietud ante mi silencio y me preguntaba el motivo; en la última me dejaba ver que le habían informado de mi cambio de vida y me anunciaba su próxima llegada.

Siempre he tenido un gran respeto y afecto sincero por mi padre. Le respondí, pues, que un pequeño viaje había sido la causa de mi silencio, y le rogué que me avisaran con antelación del día de su llegada, a fin de poder ir a recibirle.

Di a mi criado mis señas en el campo y le encargué que me llevara la primera carta que llegase timbrada en la ciudad de C., luego volví a partir inmediatamente para Bougival.

Marguerite me esperaba en la puerta del jardín.

Su mirada expresaba inquietud. Se lanzó a abrazarme y no pudo evitar decirme:

—¿Has visto a Prudence?

—No.

—Pero has pasado mucho tiempo en París...

—Encontré cartas de mi padre, al que he tenido que contestar.

Algunos instantes después Nanine entró sofocada. Marguerite se levantó y fue a hablar con ella en voz baja.

Cuando Nanine hubo salido, Marguerite me dijo, volviendo a sentarse a mi lado y tomándome la mano:

—¿Por qué me has engañado? Has ido a casa de Prudence.

—¿Quién te lo ha dicho?

—Nanine.

—¿Cómo lo sabe?

—Te siguió.

—¿Le ordenaste tú que me siguiera?

—Sí. Pensé que debías de tener un motivo poderoso para marcharte a París de esa forma, tú, que no me has dejado en cuatro meses. Temía que te hubiera ocurrido una desgracia, o que quizá fueras a ver a otra mujer.

—¡Qué niña eres!

—Ahora estoy tranquila, sé lo que has hecho, pero aún no sé qué te han contado.

Mostré a Marguerite las cartas de mi padre.

—No es eso lo que te pregunto; lo que quiero saber es por qué has ido a casa de Prudence.

—Para verla.

—Mientes, amigo mío.

—Pues bien, he ido a preguntarle si el caballo estaba mejor y si seguía necesitando tu cachemira y tus joyas.

Marguerite se ruborizó pero no respondió.

—Y he sabido —continué— lo que has hecho con los caballos, las cachemiras y los diamantes.

—¿Estás resentido conmigo?

—Estoy dolido porque no quisiste pedirme lo que necesitabas.

—En una relación como la nuestra, si la mujer tiene aún algo de dignidad, debe imponerse todos los sacrificios posibles antes que pedir el dinero a su amante y dar un lado venal a su amor. Tú me amas, estoy segura de ello, pero no sabes cuán ligero es el hilo que retiene en el corazón el amor que se siente por mujeres como yo. ¿Quién sabe? Quizá un día de enfado o de hastío, te hayas figurado ver en nuestra relación un cálculo hábilmente pensado. Prudence es una habladora. ¿Qué necesidad tenía yo de esos caballos? He ahorrado dinero vendiéndolos; puedo pasar sin ellos y ya no me suponen ningún gasto; lo único que pido es que me ames, y me amarás igual sin caballos, sin cachemira y sin diamantes.

Todo esto lo dijo en un tono tan vehemente que al escucharla me aparecieron lágrimas en los ojos.

—Pero, querida Marguerite —respondí yo estrechando amorosamente las manos de mi amante—, sabías bien que un día yo me enteraría de ese sacrificio y que el día en que lo supiera no lo soportaría.

—¿Por qué no?

—Porque, querida niña, no entiendo que el afecto que dices tener por mí te prive siquiera de una joya. Tampoco quiero que, en un momento de enfado o de hastío, puedas pensar que si vivieras con otro hombre estos momentos no existirían, y que te arrepientas aunque sólo sea un minuto de vivir conmigo. Dentro de algunos días tus caballos, tus diamantes y tus cachemiras te serán devueltos, pero te amo más suntuosa que sencilla.

—Entonces es que ya no me amas.

—¡Loca!

—Si me amaras, me dejarías amarte a mi manera; al contrario, continúas viendo en mí una mujer a quien el lujo es indispensable, y te crees siempre obligado a pagar. Tienes vergüenza de aceptar pruebas de mi amor. A pesar tuyo, piensas dejarme un día, y pretendes poner tu delicadeza al abrigo de toda sospecha. Tienes razón, amigo mío, pero yo había esperado más.

Y Marguerite hizo un movimiento para levantarse; yo la retuve diciéndole:

—Quiero que seas feliz y que no tengas nada que reprocharme, eso es todo.

—¡Y nos separaremos!

—¿Por qué, Marguerite? ¿Quién puede separarnos? —exclamé yo.

—Tú, que no quieres permitirme comprender tu posición, y que tienes la vanidad de conservar la mía; tú, que al mantenerme en medio del mismo lujo en el que he vivido, quieres guardar la distancia moral que nos separa; tú, que no crees mi cariño lo bastante desinteresado como para compartir conmigo la fortuna que tienes, con la que podríamos vivir felices juntos, y que prefieres arruinarte, esclavo como eres de un prejuicio ridículo. ¿Crees que comparo un coche y unas joyas con tu amor? ¿Crees que la felicidad consiste para mí en las vanidades con que una se contenta cuando no se ama nada, pero que se vuelven muy mezquinas cuando se ama? Tú pagarás mis deudas, perderás tu fortuna y por fin me mantendrás. ¿Cuánto tiempo durará esto? Dos o tres meses, y entonces será demasiado tarde para iniciar la vida que te propongo, porque entonces aceptarás todo de mí, y es lo que un hombre de honor no puede hacer, mientras que ahora tienes ocho o diez mil francos de renta con los que podemos vivir. Venderé lo superfluo de lo que tengo y sólo con esta venta conseguiré dos mil libras al año. Alquilaremos un lindo pisito en el que viviremos los dos. Durante el verano, vendremos al campo, no a una casa como ésta, sino a una casita suficiente para dos personas. Tú eres independiente, yo soy libre, somos jóvenes, ¡en nombre del cielo, Armand, no me arrojes a la vida que antes estaba obligada a llevar!

¿Qué responder? Me lancé en brazos de Marguerite.

—Quería disponer todo sin decirte nada —continuó ella—, pagar todas mis deudas y preparar mi nuevo piso. En el mes de octubre habríamos vuelto a París, y todo estaría solucionado, pero si Prudence te ha contado todo, es preciso que consientas antes en lugar de consentir después. ¿Me amas lo bastante para esto?

Era imposible resistir tanta dedicación. Besé las manos de Marguerite con efusión y le dije:

—Haré todo lo que tú quieras.

Lo que ella había decidido fue por lo tanto acordado.

Entonces enloqueció de alegría: bailaba, cantaba, se regocijaba en la sencillez de su nuevo piso, sobre cuyo barrio y disposición me consultaba ya.

La veía feliz y orgullosa de esa decisión que parecía que había de acercarnos definitivamente uno al otro.

Por eso no quise estar en deuda con ella.

En un instante decidí mi vida. Establecí la posición de mi fortuna e hice a Marguerite la cesión de la renta que procedía de mi madre y que me pareció muy insuficiente para recompensar el sacrificio que yo aceptaba.

Me quedaban los cinco mil francos de pensión que me daba mi padre y pasara lo que pasase yo siempre tendría lo suficiente para vivir con esa pensión anual.

No le dije a Marguerite lo que había resuelto, convencido como estaba de que rechazaría la donación.

Aquella renta provenía de una hipoteca de sesenta mil francos sobre una casa que yo no había visto siquiera. Todo lo que yo sabía era que, cada trimestre, el notario de mi padre, antiguo amigo de mi familia, me entregaba setecientos cincuenta francos mediante un simple recibo de mi parte.

El día en que Marguerite y yo vinimos a París para buscar piso, fui a casa de ese notario y le pregunté de qué forma debía actuar para transferir a otra persona aquella renta.

El buen hombre me creyó arruinado y me preguntó la causa de aquella decisión. Ahora bien, como tarde o temprano me vería obligado a decirle en favor de quién hacía la donación, preferí contarle enseguida la verdad.

No me hizo ninguna de las objeciones que su posición de notario y de amigo le autorizaba a hacerme y me aseguró que se encargaría de disponerlo todo de la mejor manera posible.

Le recomendé naturalmente la mayor discreción respecto a mi padre y fui a reunirme con Marguerite, que me esperaba en casa de Julie Duprat, donde había preferido detenerse antes que ir a escuchar el sermón de Prudence.

Nos volcamos en la búsqueda de pisos. Todos los que veíamos Marguerite los encontraba demasiado caros y yo los encontraba demasiado sencillos. Sin embargo, terminamos por ponernos de acuerdo, y nos detuvimos en uno de los barrios más tranquilos de París, en un pequeño pabellón aislado de la casa principal.

Detrás de aquel pequeño pabellón había un jardín encantador, jardín que dependía de él, rodeado de murallas lo bastante altas para separarnos de nuestros vecinos y lo bastante bajas para no limitarnos la vista.

Era mejor de lo que habíamos esperado.

Mientras me dirigía a mi casa para dejar libre mi piso, Marguerite fue a casa de un negociante que, según decía, ya había hecho por una de sus amigas lo que iba a pedirle que hiciera por ella.

Vino a reunirse conmigo, encantada, a la calle de Provence. Aquel hombre le había prometido pagar todas sus deudas, liberarle de sus obligaciones y entregarle veinte mil francos a cambio de la cesión de todos sus muebles.

Podréis ver que con el precio que ha alcanzado la subasta este honrado hombre hubiera ganado más de treinta mil francos de su cliente.

Volvimos a partir contentísimos para Bougival; seguíamos comunicándonos nuestros proyectos de futuro, que, gracias a nuestra despreocupación y sobre todo a nuestro amor, veíamos bajo los tintes más dorados.

Ocho días después estábamos almorzando cuando Nanine llegó para advertirme que mi criado preguntaba por mí. Le hice entrar.

—Señor —me dijo —, vuestro padre ha llegado a París y os ruega ir a vuestra casa inmediatamente, donde os espera.

Aquella noticia era la cosa más sencilla del mundo, y, sin embargo, al saberla, Marguerite y yo nos miramos.

Adivinábamos una desgracia en este incidente.

Por eso, sin que ella me participara esa impresión que yo compartía, respondí tomándole la mano:

—No temas nada.

—Vuelve lo antes que puedas —murmuró Marguerite mientras me besaba—. Te esperaré en la ventana.

Envié a Joseph a decir a mi padre que llegaría enseguida. En efecto, dos horas después estaba yo en la calle de Provence.

XIX

Mi padre, en batín, estaba sentado en mi salón y escribía.

Por la forma en que alzó los ojos hacia mí cuando entré, comprendí inmediatamente que íbamos a tratar asuntos serios.

No obstante, me acerqué a él como si no hubiera intuido nada en su expresión y le abracé.

—¿Cuándo llegasteis, padre?

—Ayer por la noche.

—¿Habéis venido a mi casa, como de costumbre?

—Sí.

—Lamento mucho no haber estado para recibiros.

Yo esperaba ver surgir, a partir de esta frase, el sermón que me anunciaba el gesto frío de mi padre, pero no me respondió nada, ocultó la carta que acababa de escribir y se la entregó a Joseph para que la enviara por correo.

Cuando nos quedamos solos mi padre se levantó y me dijo apoyándose en la chimenea:

—Querido Armand, tenemos que hablar de cuestiones serias.

—Os escucho, padre mío.

—¿Me prometes ser sincero?

—Es mi costumbre.

—¿Es cierto que vives con una mujer llamada Marguerite Gautier?

—Sí.

—¿Sabes quién era esa mujer?

—Una mantenida.

—¿Por ella te has olvidado de venir a vernos este año a tu hermana y a mí?

—Sí, padre mío, lo confieso.

—¿Amas mucho a esa mujer?

—Así es, padre, puesto que me ha hecho faltar a un deber sagrado, por el que hoy os pido humildemente perdón.

Mi padre no esperaba, sin duda, una respuesta tan categórica porque pareció reflexionar un instante tras el cual me dijo:

—Evidentemente, comprenderás que no puedes vivir siempre así.

—Lo temo, padre, pero no lo comprendo.

—Pero entenderéis —continuó mi padre en un tono algo más seco— que no lo toleraré.

—Me dije que mientras no hiciera nada contrario al respeto que debo a vuestro nombre y a la probidad tradicional de la familia podría vivir como vivo, y así pude calmar los temores que tenía.

Las pasiones refuerzan mucho los sentimientos. Yo estaba dispuesto a todas las luchas, incluso contra mi padre, para conservar a Marguerite.

—Pues ha llegado el momento de cambiar de vida.

—¿Por qué, padre?

—Porque estáis a punto de hacer cosas que hieren el respeto que creéis tener por vuestra familia.

—No entiendo por qué decís eso.

—Voy a explicároslo. Que tengáis una amante está muy bien; que le paguéis como un hombre galante debe pagar el amor de una mantenida me parece perfecto; pero olvidáis por ella las cosas más santas, permitís que el rumor de vuestra vida escandalosa llegue incluso hasta mi provincia y arroje la sombra de una mancha sobre el apellido honorable que os he dado; eso es lo que no puede ser y lo que no será.

—Permitidme deciros, padre mío, que os han informado mal sobre mí. Soy amante de la señorita Gautier, vivo con ella, así de simple. No doy a la señorita Gautier el apellido que he recibido de vos, gasto con ella lo que mis medios me permiten gastar, no tengo ni una sola deuda y no me encuentro en absoluto en ninguna de esas situaciones que autorizan a un padre a decir a su hijo lo que acabáis de decirme.

—Un padre siempre está autorizado a apartar a su hijo del mal camino en el que le ve meterse. Aún no habéis obrado mal, pero lo haréis.

—¡Padre!

—Señor, conozco la vida mejor que vos. Sólo tienen sentimientos completamente puros las mujeres completamente castas. Cualquier Manon puede hacer un Des Grieux, y el tiempo y la moral han cambiado. Sería inútil que el mundo envejeciese si no se corrigiera. Abandonaréis a vuestra amante.

—Me disgusta desobedeceros, padre mío, pero es imposible.

—Os obligaré.

—Por desgracia, padre, ya no hay islas como Sainte-Marguerite a las que enviar a las cortesanas, y, aunque las hubiese, seguiría a la señorita Gautier si consiguierais mandarla allí. ¿Qué queréis? Quizá esté equivocado, pero sólo puedo ser feliz a condición de seguir siendo amante de esta mujer.

—Veamos, Armand, abrid los ojos, reconoced a vuestro padre que siempre os ha amado y que no quiere más que vuestra felicidad. ¿Es honorable para vos ir a vivir maritalmente con una mujer a la que ha poseído todo el mundo?

—Qué importa, padre, si nadie ha de tenerla ya; qué importa si esa mujer me ama, si se cura por el amor que siente por mí y por el amor que siento por ella. No importa ya, pues ella se ha convertido.

—¿Creéis, señor, que la misión de un hombre de honor es convertir cortesanas? ¿Creéis que Dios ha dado esa meta grotesca a la vida y que el corazón no debe tener otro anhelo que ése? ¿Cuál será la conclusión de esa cura maravillosa y qué pensaréis de lo que hoy decís cuando tengáis cuarenta años? Os reiréis de vuestro amor, si es que todavía os está permitido reír, si es que no ha dejado huellas demasiado profundas en vuestro pasado. ¿Qué seríais vos en este momento si vuestro padre pensara igual y hubiera abandonado su vida a los impulsos del amor, en lugar de basarla inquebrantablemente en el honor y la lealtad? Reflexionad, Armand, y no digáis semejantes tonterías. Así que dejaréis a esa mujer, os lo pide vuestro padre.

Yo no respondí.

—Armand —continuó mi padre—, en nombre de vuestra santa madre, creedme, renunciad a esta vida que olvidaréis antes de lo que creéis y a la que os encadena una teoría imposible. Tenéis veinticuatro años, pensad en el futuro. No podéis amar siempre a esa mujer, que no siempre os amará. Los dos exageráis vuestro amor. Os cerráis cualquier camino. Un paso más y no podréis dejar la ruta en la que estáis, y durante toda vuestra vida tendréis el remordimiento de vuestra juventud. El descanso y el amor piadoso de la familia os curarán pronto de esta fiebre, porque no es otra cosa. Durante este tiempo, vuestra amante se consolará, tomará otro amante y, cuando veáis por quién habéis estado a punto de enfadaros con vuestro padre y de perder su cariño, me diréis que he hecho bien en venir a buscaros y me bendeciréis. Entonces, ¿vendrás conmigo, Armand?

Sentía que mi padre tenía razón por lo que se refiere a todas las mujeres, pero estaba convencido de que no tenía razón con Marguerite. Sin embargo, el tono en que me había dicho sus últimas palabras era tan dulce, tan suplicante que no me atrevía a responderle.

—¿Y bien? —dijo con voz emocionada.

—Pues bien, padre mío, no puedo prometeros nada —dije yo por último—; lo que me pedís es superior a mis fuerzas. Creedme —continué mientras él hacía un gesto de impaciencia—, exageráis las consecuencias de esta relación. Marguerite no es la mujer que vos creéis. Este amor, lejos de arrastrarme al mal camino, es capaz, por el contrario, de crear en mí los sentimientos más honorables. El amor verdadero siempre vuelve a uno mejor, sea quien sea la mujer que lo inspira. Si conocierais a Marguerite, comprenderíais que no me expongo a un peligro. Es noble como las más nobles mujeres. Ella es tan desinteresada como codiciosas son las otras.

—Cosa que no le impide aceptar vuestra fortuna, porque los sesenta mil francos que os dejó vuestra madre y que vos le dais son vuestra única fortuna. Recordad bien lo que os digo.

Mi padre probablemente había guardado esta peroración y esta amenaza como golpe final.

Yo me hacía más fuerte frente a sus amenazas que frente a sus plegarias.

—¿Quién os ha dicho que vaya a dejarle esa suma? —pregunté yo.

—Mi notario. ¿Un hombre honesto hubiera hecho un acto semejante sin avisarme? Pues bien, para impedir vuestra ruina en favor de una mujer he venido a París. Vuestra madre al morir os dejó con qué vivir honorablemente y no con qué regalar a vuestras amantes.

—Os juro, padre mío, que Marguerite ignora esta donación.

—Y ¿por qué la hacéis entonces?

—Porque Marguerite, esa mujer a la que calumniáis y a la que queréis que abandone, hace el sacrificio de todo cuanto posee para vivir conmigo.

—¿Y vos aceptáis ese sacrificio? ¿Qué hombre sois, señor, para permitir a una tal Marguerite sacrificaros algo? Vamos, ya está bien. Dejaréis a esa mujer. Hace un momento os lo pedía, ahora os lo ordeno; no quiero semejantes suciedades en mi familia. Haced vuestras maletas y disponeos a seguirme.

—Perdonadme, padre mío —dije yo entonces—, no partiré.

—¿Por qué?

—Porque tengo ya la edad en que no se obedece una orden.

Mi padre palideció ante la respuesta.

—Está bien, señor —continuó—; ya sé lo que me queda por hacer.

Llamó.

Apareció Joseph.

—Haced transportar mis maletas al hotel de París —le dijo a mi criado y se fue a su habitación, donde terminó de vestirse.

Cuando volvió a aparecer me acerqué a él.

—¿Me prometéis, padre mío —le dije—, no hacer nada que pueda causar dolor a Marguerite?

Mi padre se detuvo, me miró con desdén y se contentó con responderme:

—Creo que estáis loco.

Tras esto, salió y cerró violentamente la puerta. Yo bajé, tomé un cabriolé y partí hacia Bougival. Marguerite me esperaba en la ventana.

XX

—¡**P**or fin —exclamó saltando a abrazarme—, ya estás aquí! ¡Qué pálido estás!

Entonces le conté la escena con mi padre.

—¡Ay, Dios mío!, me lo temía —dijo ella—. Cuando Joseph vino a anunciarnos la llegada de tu padre, me estremecí como ante la noticia de una desgracia. Pobre amigo mío, soy yo quien te causa todos estos dolores. Quizá harías mejor dejándome antes que pelearte con tu padre. Sin embargo, yo no le he hecho nada. Vivimos muy tranquilos, vamos a vivir más tranquilos aún. Sabe de sobra que tienes que tener una amante, y debía estar contento de que fuera yo, puesto que te amo y no deseo más que lo que permite tu posición. ¿Le has dicho cómo hemos dispuesto nuestro futuro?

—Sí, y es lo que más le ha irritado, porque en esta determinación ha visto la prueba de nuestro amor mutuo.

—¿Qué haremos, entonces?

—Seguir juntos, Marguerite, y dejar pasar esta tormenta.

—¿Pasará?

—Tendrá que pasar.

—Pero tu padre no se quedará así.

—¿Qué crees que va a hacer?

—Qué sé yo... Todo lo que un padre puede hacer para que su hijo le obedezca. Te recordará mi vida pasada y quizá me haga el honor de inventarse alguna historia para intentar que me abandones.

—Sabes de sobra que te amo.

—Sí, pero también sé que tarde o temprano tendrás que obedecer a tu padre, y quizá termines por dejarte convencer.

—No, Marguerite, soy yo quien le convencerá. Son los chismes de algunos de sus amigos los que causan esta gran cólera, pero él es bueno, es justo, y se arrepentirá de su primera impresión. Además, después de todo, ¿qué importa?

—No digas eso, Armand; preferiría cualquier cosa antes que dejar creer que te enfrento a tu familia; deja pasar este día y vuelve mañana a París. Tu padre habrá reflexionado por su lado igual que tú por el tuyo, y quizá os entendáis mejor. No choques con sus principios, aparenta hacer algunas concesiones a sus deseos; finge no quererme tanto y dejará las cosas como están. Espera, amigo mío, y estoy segura de una cosa, que pase lo que pase Marguerite siempre será tuya.

—¿Me lo juras?

—¿Es necesario jurarlo?

¡Qué dulce es dejarse persuadir por una voz que se ama! Marguerite y yo pasamos todo el día repitiendo nuestros proyectos como si hubiéramos comprendido la necesidad de realizarlos cuanto antes. A cada minuto esperábamos algún acontecimiento, pero afortunadamente el día pasó sin traer nada nuevo.

Al día siguiente partí a las diez y hacia las doce llegué al hotel.

Mi padre había salido.

Me dirigí a mi casa, donde esperaba que quizá hubiera ido. Nadie había ido. Fui a casa de mi notario. Nadie.

Volví al hotel y esperé hasta las seis. El señor Duval no volvió. Tomé el camino de Bougival.

Encontré a Marguerite esperándome no ya como la víspera sino sentada junto al fuego que la estación ya exigía.

Estaba lo bastante sumida en sus reflexiones como para no oírme ni volverse cuando me acerqué. Al posar mis labios en su frente se estremeció como si aquel beso la hubiera despertado de un sobresalto.

—Me has asustado —me dijo—. ¿Y tu padre?

—No le he visto. No sé qué pensar. No estaba ni en mi casa ni en ninguno de los lugares en los que podría haberle encontrado.

—Entonces tendrás que volver mañana.

—Prefiero esperar a que me llame. Creo que he hecho todo lo que debía hacer.

—No, amigo mío, no es bastante, mañana tienes que volver a buscarle.

—¿Por qué mañana y no cualquier otro día?

— Porque la insistencia de tu parte —dijo Marguerite, que pareció ruborizarse algo ante mi pregunta— parecerá más auténtica y así obtendremos con mayor rapidez nuestro perdón.

El resto del día Marguerite estuvo preocupada, distraída, triste. Me veía forzado a repetirle dos veces lo que le decía para obtener respuesta. Achacó aquella preocupación a los temores que le inspiraban para el futuro los acontecimientos ocurridos en los dos últimos días.

Pasé la noche tranquilizándola, y ella me hizo partir al día siguiente con una insistente inquietud que yo no comprendía.

Como la víspera, mi padre estaba ausente, pero al salir había dejado la siguiente carta:

> Si volvéis a verme hoy, esperadme hasta las cuatro; si a las cuatro
> no he regresado, volved a cenar mañana conmigo; tengo que hablaros.

Esperé hasta la hora mencionada. Mi padre no apareció. Me marché.

La víspera había encontrado a Marguerite triste, aquel día la encontré con fiebre y agitada. Al verme entrar, se echó a mis brazos y pasó un rato llorando.

La interrogué por aquel dolor súbito cuya intensidad me alarmaba. No me dio ninguna razón y alegó todo lo que una mujer puede alegar cuando no quiere decir la verdad.

Cuando estuvo algo calmada, le conté los resultados de mi viaje; le mostré la carta de mi padre y le hice observar que de ella podíamos sacar buenos augurios.

A la vista de aquella carta y de la reflexión que yo hice aumentaron las lágrimas hasta tal punto que llamé a Nanine y, al temer una crisis nerviosa, acostamos a la pobre joven, que lloraba sin decir una sílaba, pero que me agarraba las manos y me besaba a cada instante.

Pregunté a Nanine si durante mi ausencia la señora había recibido alguna carta o alguna visita que pudiera motivar el estado en que la encontraba, pero Nanine me respondió que no había ido nadie y que no había recibido nada.

Sin embargo, desde la víspera pasaba algo tanto más inquietante cuanto que Marguerite me lo ocultaba.

Pareció algo más tranquila durante la velada; hizo que me sentara al pie de su cama y repitió una y otra vez cuán segura estaba de su amor. Luego me sonrió con esfuerzo pero, aun así, sus ojos se velaban de lágrimas.

Empleé todos los medios para hacerle confesar la verdadera causa de aquella pena, pero se obstinó en darme siempre las razones vagas ya mencionadas.

Terminó por dormirse en mis brazos pero con ese sueño que rompe el cuerpo en lugar de hacer que descanse; de vez en cuando gritaba, se despertaba sobresaltada y, tras asegurarse de que yo estaba a su lado, me hacía jurar que la amaría siempre.

Yo no comprendía en absoluto aquellas intermitencias de dolor que se prolongaron hasta el amanecer. Entonces Marguerite cayó en una especie de adormecimiento. Llevaba dos noches en vela.

Aquel descanso no duró mucho.

Hacia las once, Marguerite se despertó y, al verme levantado, miró a su alrededor y exclamó:

—¡¿Te vas ya?!

—No —le dije mientras tomaba sus manos—, pero he querido dejarte dormir. Todavía es temprano.

—¿A qué hora te vas a París?

—A las cuatro.

—¿Tan pronto? Hasta entonces te quedarás conmigo, ¿verdad?

—Claro. ¿No es lo que suelo hacer?

—¡Qué felicidad!

—¿Vamos a almorzar? —continuó ella con aire distraído.

—Si quieres...

—Y luego me besarás hasta el momento de partir.

—Sí, y volveré lo antes posible.

—¿Volverás? —dijo ella mirándome con ojos extraviados.

—Naturalmente.

—Exacto, tú volverás esta noche, y yo te esperaré como de costumbre, y seremos felices como lo somos desde que nos conocemos.

Todas estas palabras las decía en un tono tan entrecortado, parecían ocultar un pensamiento doloroso tan continuo, que temía a cada instante que Marguerite comenzase a delirar.

—Escucha —le dije—, estás enferma y no puedo dejarte así. Voy a escribir a mi padre que no me espere.

—¡No, no! —exclamó bruscamente—. No hagas eso. Tu padre me acusaría de impedirte ir a verle cuando quieres hacerlo; no, no, es preciso que vayas, es preciso. Además, no estoy enferma, me encuentro muy bien, he tenido un mal sueño y todavía estaba adormilada.

A partir de este momento, Marguerite trató de parecer más alegre. No volvió a llorar.

Cuando llegó la hora en que debía partir la besé y le pedí si quería acompañarme hasta el tren: yo esperaba que el paseo la distrajese y que el aire le hiciera bien.

Sobre todo quería estar a su lado el mayor tiempo posible.

Ella aceptó, tomó una capa y me acompañó con Nanine para así no volver sola.

Veinte veces estuve a punto de no partir. Pero la esperanza de volver pronto y el temor a indisponer de nuevo a mi padre contra mí me ayudaron, y el tren me llevó.

—Hasta la noche —le dije a Marguerite al dejarla.

Ella no me respondió.

Ya en otra ocasión no me había respondido a esa misma frase, y el conde de G., como recordaréis, había pasado la noche en su casa, pero aquella época estaba tan lejos que parecía borrada de mi mente y si algo temía no era desde luego que Marguerite me engañase.

Al llegar a París, corrí a casa de Prudence para rogarle que fuera a ver a Marguerite, esperando que su charla y su alegría la distrajeran.

Entré sin hacerme anunciar y encontré a Prudence en su aseo.

—Ah —me dijo con aire de inquietud—, ¿Marguerite ha venido con vos?

—No.

—¿Cómo está?

—Algo indispuesta.

—¿No vendrá?

—¿Debía venir?

La señora Duvernoy se ruborizó y me respondió con cierto azoramiento:

—Quería decir, si vos venís a París, ¿no vendrá ella a reunirse con vos?

—No.

Miré a Prudence; ella bajó los ojos, y sobre su rostro creí leer el temor de ver prolongarse mi visita.

—Venía precisamente a rogaros, mi querida Prudence, que si no tenéis nada que hacer, fuerais a ver a Marguerite esta tarde para hacerle compañía y dormir allí. Nunca la he visto como hoy y temo que caiga enferma.

—Tengo que cenar en la ciudad —me respondió Prudence— y no podré ver a Marguerite esta noche, pero la veré mañana.

Me despedí de la señora Duvernoy, que me parecía casi tan preocupada como Marguerite, y me dirigí al hotel de mi padre, cuya primera mirada me escudriñó con atención. Me tendió la mano.

—Vuestras dos visitas me han agradado mucho, Armand —me dijo—, me han hecho esperar que hayáis reflexionado por vuestra parte, como yo he reflexionado por la mía.

—¿Puedo permitidme preguntaros, padre mío, cuál ha sido el resultado de vuestras reflexiones?

—Ha sido, amigo mío, que exageré la importancia de las informaciones que me habían llegado y que me he prometido ser menos severo contigo.

—¡Qué decís, padre mío! —exclamé yo contento.

—Digo, querido hijo, que es preciso que todo hombre tenga una amante y que, según nuevas informaciones, prefiero saberte amante de la señorita Gautier que de cualquier otra.

—¡Excelente padre! ¡Qué feliz me hacéis!

Hablamos así algunos instantes, luego nos sentamos a la mesa. Mi padre estuvo encantador todo el tiempo que duró la cena.

Yo tenía prisa por volver a Bougival para contar a Marguerite aquel feliz cambio. A cada instante miraba el péndulo.

—Miras la hora —me decía mi padre—, estás impaciente por dejarme. ¡Oh, jóvenes! Siempre sacrificaréis los afectos sinceros a los afectos dudosos.

—No digáis eso, padre mío. Marguerite me ama, estoy seguro.

Mi padre no respondió; no parecía ni dudar ni creer.

Insistió mucho para que pasara la velada entera con él y para que yo volviese al día siguiente, pero había dejado a Marguerite indispuesta, se lo dije, le pedí permiso para volver a su encuentro y le prometí volver al día siguiente.

Hacía buen tiempo; quiso acompañarme hasta el andén. Jamás le había visto tan feliz. El porvenir me parecía tal como yo quería verlo hacía tiempo.

Amaba a mi padre más de lo que le había amado nunca.

En el momento en que iba a partir, insistió por última vez en que me quedase; yo me negué.

—Entonces, ¿la amas mucho? —me preguntó.

—Como un loco.

—¡Vete entonces! —Y pasó la mano por su frente como si hubiera querido expulsar de ella un pensamiento, luego abrió la boca como para decirme algo, pero se contentó con estrecharme la mano y me dejó bruscamente diciéndome—: Hasta mañana entonces.

XXI

Parecía que el tren no avanzaba. Llegué a Bougival a las once.

Ninguna de las ventanas de la casa estaba iluminada y llamé sin que nadie respondiera. Era la primera vez que algo semejante me ocurría. Por fin apareció el jardinero. Entré.

Nanine vino a mi encuentro con una luz. Llegué a la habitación de Marguerite.

—¿Dónde está la señora?

—La señora ha partido a París —me respondió Nanine.

—¡A París!

—Sí, señor.

—¿Cuándo?

—Una hora después de vos.

—¿No os ha dejado nada para mí?

—Nada.

Nanine se fue.

«Es capaz de haber tenido miedo —pensé— y haberse ido a París para asegurarse de que la visita que yo iba a hacer a mi padre no era un pretexto para tener un día de libertad.»

«Quizá Prudence le haya escrito para algo importante —me dije cuando estuve solo—; pero yo vi a Prudence cuando llegué y no dijo nada que pudiera hacerme suponer que hubiera escrito a Marguerite.»

De pronto recordé aquella pregunta que la señora Duvernoy me había hecho: «Entonces, ¿no vendrá hoy?», cuando le dije que Marguerite estaba enferma. También recordé el aire azorado de Prudence cuando la miré después de aquella frase que parecía traicionar una cita. A este recuerdo se unió el de las lágrimas de Marguerite durante todo el día, lágrimas que la buena acogida de mi padre me había hecho olvidar un poco.

A partir de ese momento, todos los incidentes del día fueron amontonándose sobre mi primera sorpresa y la fijaron tan sólidamente en mi mente que todo lo confirmó, hasta la clemencia paterna.

Marguerite había exigido casi que yo fuese a París; había fingido calma cuando le había propuesto quedarme a su lado. ¿Había caído yo en una trampa? ¿Me engañaba Marguerite? ¿Había contado con estar de vuelta antes de tiempo para que no me diese cuenta de su ausencia y el azar la había retenido? ¿Por qué no le había dicho nada a Nanine?, o ¿por qué no me había escrito? ¿Qué querían decir aquellas lágrimas, aquella ausencia, aquel misterio?

Aquello era lo que me preguntaba con espanto, en medio de aquella habitación vacía y con la mirada fija en el reloj que marcaba la media noche y que parecía querer decirme que era demasiado tarde para esperar el regreso de mi amante.

Pero, tras las decisiones que acabábamos de tomar, con el sacrificio ofrecido y aceptado, ¿era lógico que me engañase? No. Traté de olvidar mis primeras sospechas.

«La pobre muchacha habrá encontrado un comprador para su mobiliario y habrá ido a París para cerrar el trato. No habrá querido avisarme porque sabe que, aunque yo la acepté, esta venta necesaria para nuestra felicidad futura me resulta penosa y habrá temido herir mi amor propio y mi delicadeza hablándome de ella. Prefiere reaparecer cuando todo haya terminado. Prudence la esperaba evidentemente para eso y se había delatado en mi presencia. Marguerite no habrá podido terminar la venta hoy y dormirá en su casa, o quizá llegue dentro de un rato porque debe sospechar mi inquietud y no querrá dejarme en este estado.»

«Pero entonces ¿por qué aquellas lágrimas? Sin duda, a pesar de su amor por mí, la pobre mujer no habrá podido decidirse a abandonar el lujo en medio del que ha vivido hasta ahora y que le hacía feliz y envidiada.»

Yo perdonaba gustosamente esos pesares de Marguerite. La esperaba con impaciencia para, tras cubrirla de besos, decirle que había adivinado la causa de su misteriosa ausencia.

Sin embargo, la noche avanzaba y Marguerite no llegaba.

La inquietud estrechaba poco a poco su círculo y me oprimía la cabeza y el corazón. ¡Quizá había ocurrido algo! ¡Quizá estaba herida, enferma, muerta! Quizá dentro de poco llegaría un mensajero anunciando algún doloroso accidente. Quizá el amanecer me encontraría con la misma incertidumbre y los mismos temores.

La idea de que Marguerite me engañase en el momento en que yo la esperaba en medio de los terrores que me causaba su ausencia ya no pasaba por mi mente. Era necesaria una causa ajena a su voluntad para retenerla lejos de mí y cuanto más pensaba en ello más convencido estaba de que esa causa no podía ser más que alguna desgracia. ¡Oh, vanidad del hombre, te apareces bajo todas las formas!

Acababa de dar la una. Me dije que esperaría otra hora más, pero que, si a las dos Marguerite no había vuelto, saldría hacia París.

Mientras tanto, busqué un libro porque no me atrevía a pensar.

Manon Lescaut estaba abierto sobre la mesa. ¿Quién lo había puesto allí? Me pareció que a trechos las páginas estaban mojadas como por lágrimas. Tras haberlo hojeado, volví a cerrar el libro, cuyos caracteres me parecían vacíos de sentido a través del velo de mis dudas.

El tiempo avanzaba lentamente. El cielo estaba encapotado. Una lluvia de otoño golpeaba los cristales. La cama vacía tomaba por momentos el aspecto de una tumba. Tenía miedo.

Abrí la puerta. Escuché y no oí más que el ruido del viento entre los árboles. Ni un coche pasaba por la calle. En el campanario de la iglesia sonó tristemente la media.

Había llegado a temer que alguien viniese. Me parecía que sólo una desgracia podía venir a mi encuentro a aquella hora y con aquel tiempo sombrío.

Dieron las dos. Esperé todavía un poco. Sólo el péndulo turbaba el silencio con su sonido monótono y cadencioso.

Por fin dejé aquella habitación cuyos menores objetos habían revestido ese aspecto triste que presta a cuanto la rodea la inquieta soledad del corazón.

En la habitación contigua encontré a Nanine dormida sobre su labor. Al oír la puerta se despertó y me preguntó si la señora había vuelto.

—No, pero si vuelve, le diréis que no he podido soportar mi inquietud y que he salido hacia París.

—¿A esta hora?

—Sí.

—Pero ¿cómo? No encontraréis ningún coche.

—Iré a pie.

—Pero está lloviendo.

—¡Qué importa!

—La señora volverá o, si no vuelve, siempre habrá tiempo de día de ir a ver qué la ha retenido. Os asesinarán en el camino.

—No hay peligro, querida Nanine; hasta mañana.

La buena mujer fue a buscarme la capa, me la colocó sobre los hombros, se ofreció para ir a despertar a la tía Arnould y a informarse de si era posible conseguir un coche, pero me opuse, convencido de que en esta tentativa, quizá infructuosa, perdería más tiempo de lo que tardaría en hacer la mitad del camino.

Además necesitaba aire y un cansancio físico que agotase la sobreexcitación que me dominaba.

Tomé la llave del piso de la calle d'Antin y, tras decir adiós a Nanine, que me había acompañado hasta la verja, partí.

Al principio eché a correr, pero el suelo estaba recién mojado y me fatigaba el doble. Al cabo de media hora de aquella carrera me vi obligado a detenerme, estaba empapado en sudor. Retomé el aliento y proseguí mi camino. La noche era tan espesa que temía chocar a cada instante contra alguno de los árboles de la ruta que se aparecían de repente ante mis ojos como grandes fantasmas que corrían hacia mí.

Me crucé con uno o dos coches de carreteros que pronto dejé atrás.

Una calesa se dirigía al galope hacia Bougival. En el momento en que pasaba delante de mí, sentí la esperanza de que Marguerite estuviera dentro.

Me detuve gritando:

—¡Marguerite! ¡Marguerite!

Pero nadie me respondió y la calesa continuó su camino. La vi alejarse y proseguí.

Tardé dos horas en llegar al límite de L'Étoile.

La vista de París me devolvió la fuerza, y bajé corriendo la larga avenida que tantas veces había recorrido.

Aquella noche nadie pasaba por allí.

Parecía el paseo de una ciudad muerta.

El día comenzaba a despuntar.

Cuando llegué a la calle d'Antin, la gran ciudad se estaba desperezando antes de despertarse del todo.

Daban las cinco en la iglesia de Saint-Roch en el momento en que yo entraba en casa de Marguerite.

Le dije mi nombre al portero, a quien ya le había dado bastantes monedas de veinte francos para mostrar mi derecho a ir a las cinco a la casa de la señorita Gautier.

Pasé pues sin obstáculos.

Le habría podido preguntar si Marguerite estaba en casa, pero él podría haber dicho que no y prefería dudar dos minutos más, pues en la duda aún había esperanza.

Puse mi oreja contra la puerta tratando de distinguir algún ruido, algún movimiento.

Nada. El silencio del campo parecía haberse extendido hasta allí. Abrí la puerta y entré.

Todas las cortinas estaban completamente cerradas. Abrí las del comedor y me dirigí hacia el dormitorio, cuya puerta empujé.

Me abalancé sobre el cordón de las cortinas y tiré de él con violencia.

Las cortinas se separaron, entró una débil luz y corrí hacia la cama.

¡Estaba vacía!

Abrí todas las puertas, una tras otra, inspeccioné todas las habitaciones.

Nadie.

Era para volverse loco.

Pasé al gabinete de aseo, cuya ventana abrí, y llamé a Prudence repetidas veces.

La ventana de la señora Duvernoy permaneció cerrada. Entonces bajé y pregunté al portero si la señorita Gautier había vuelto a casa durante el día.

—Sí —me respondió él—, con la señora Duvernoy.

—¿No ha dicho nada para mí?

—Nada.

—¿Sabéis qué han hecho luego?

—Han subido a un coche.

—¿Qué clase de coche?

—Un cupé particular.

¿Qué quería decir todo aquello?

Llamé a la puerta vecina.

—¿Dónde vais, señor? —me preguntó el conserje tras abrirme.

—A casa de la señora Duvernoy.

—No ha vuelto.

—¿Estáis seguro?

—Sí, señor; aquí tengo incluso una carta que trajeron ayer por la noche para ella y que todavía no le he entregado.

Y el portero me mostró una carta sobre la que lancé de inmediato la mirada.

Reconocí la letra de Marguerite.

Tomé la carta.

En la dirección había escrito: «A la señora Duvernoy, para entregar al señor Duval».

—Esta carta es para mí —le dije al portero— y le mostré las señas.

—¿Sois el señor Duval? —me respondió él.

—Sí.

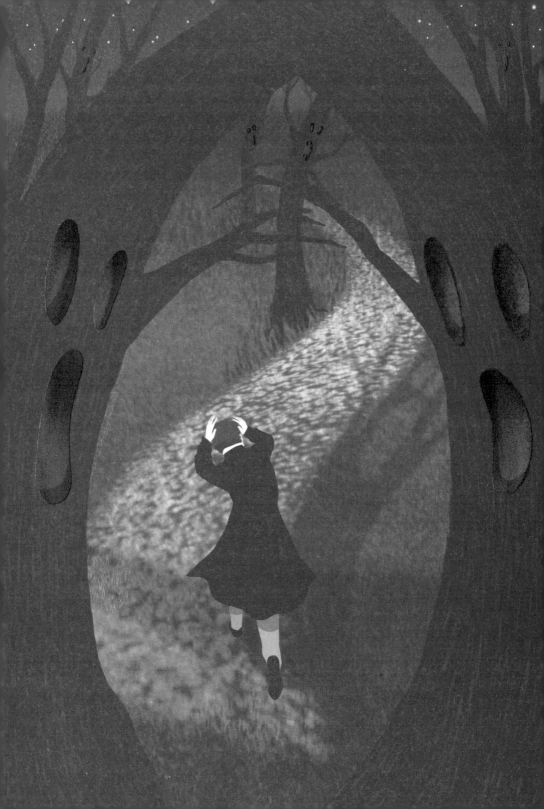

—¡Ah! Ya os reconozco, venís a menudo a casa de la señora Duvernoy.

Una vez en la calle, arranqué el lacre de la carta.

Si un rayo hubiera caído a mis pies no me habría quedado más horrorizado de lo que quedé por aquella lectura.

> En el momento en que leáis esta carta, Armand, ya seré amante de otro hombre. Todo ha terminado, pues, entre nosotros.
>
> Volved junto a vuestro padre, amigo mío, id a ver a vuestra hermana, joven casta, ignorante de todas nuestras miserias, y junto a ella olvidaréis muy deprisa lo que os habrá hecho sufrir esta mujer perdida llamada Marguerite Gautier, a quien habéis querido amar un instante y que os debe los únicos momentos felices de una vida que espera no será larga ahora.

Tras leer la última palabra, creí que iba a volverme loco.

Por un momento tuve auténtico miedo de desplomarme sobre la acera. La vista se me nubló y el pulso de la sangre me golpeaba las sienes.

Cuando me repuse, miré a mi alrededor, totalmente extrañado de ver la vida de los otros continuar sin detenerse ante mi desgracia.

No era lo suficientemente fuerte como para soportar en soledad el golpe que Marguerite me daba.

Entonces recordé que mi padre estaba en la misma ciudad que yo, que en diez minutos podría estar a su lado y que fuera la que fuese la causa de mi dolor, él la compartiría.

Corrí como un loco, como un ladrón, hasta el hotel de París: encontré la llave en la puerta de la habitación de mi padre. Entré.

Estaba leyendo.

Por el escaso asombro que mostró al verme aparecer parecía que me esperaba.

Me precipité en sus brazos sin decirle una palabra, le di la carta de Marguerite y, dejándome caer ante su cama, lloré a lágrima viva.

XXII

Cuando la vida retomó su curso, no podía creer que el día que comenzaba ya no fuera igual para mí que los que lo habían precedido. Había momentos en que me imaginaba que alguna circunstancia, que yo no recordaba, me había hecho pasar la noche fuera de casa de Marguerite, pero que si volvía a Bougival, la encontraría inquieta, como yo lo había estado, y me preguntaría qué me había retenido lejos de ella.

A veces me sentía forzado a releer la carta de Marguerite para convencerme de que no había soñado.

Mi cuerpo, que había sucumbido a la conmoción mental, era incapaz de cualquier movimiento. La inquietud, la caminata de la noche y la noticia de la mañana me habían extenuado. Mi padre aprovechó aquella postración total de mis fuerzas para exigirme la promesa formal de marcharme con él.

Yo accedí a todo cuanto quiso. Era incapaz de tener una discusión, y necesitaba un afecto real que me ayudase a vivir tras lo que acababa de pasar.

Era muy afortunado por tener a mi padre para poder consolarme.

Todo lo que recuerdo es que aquel día, hacia las cinco, me hizo subir con él a un carruaje. Sin decirme nada había hecho preparar mis maletas, las había mandado atar junto a las suyas detrás del coche y me llevó con él.

No me di cuenta de lo que sucedía hasta que la ciudad desapareció y la soledad de la carretera me recordó el vacío de mi corazón.

Entonces las lágrimas volvieron a apoderarse de mí.

Mi padre había comprendido que ninguna palabra, ni siquiera suya, me consolaría y me dejaba llorar sin decirme nada, contentándose a veces con apretarme la mano como para recordarme que yo tenía a mi lado un amigo.

Por la noche dormí un poco. Soñé con Marguerite.

Me desperté sobresaltado, sin comprender por qué me encontraba en un coche.

Luego mi cabeza volvió a la realidad y la dejé caer sobre el pecho.

No osaba hablar con mi padre, aún temía que me dijera: «¿Ves como tenía razón cuando no creía en el amor de esa mujer?».

Pero no aprovechó su oportunidad y llegamos a C. sin que me hablara de nada que tuviera que ver con la razón de mi partida.

Al abrazar a mi hermana, recordé las palabras de la carta de Marguerite sobre ella, pero comprendí inmediatamente que, por buena que fuese mi hermana, era insuficiente para hacerme olvidar a mi amante.

Era estación de caza y mi padre pensó que sería una distracción para mí. Organizó pues partidas de caza con vecinos y amigos. Iba a ellas sin disgusto y sin entusiasmo, con esa especie de apatía que era el carácter de todas mis acciones desde mi partida.

Cazábamos a ojeo. Me dejaban en mi puesto. Yo tenía mi fusil descargado a mi lado y pensaba.

Miraba pasar las nubes. Dejaba vagar mi pensamiento por las llanuras solitarias y de vez en cuando oía que algún cazador me hablaba mostrándome una liebre a diez pasos de mí.

Mi padre no perdía detalle y no se dejaba engañar por mi aparente calma. Comprendía bien que, por abatido que estuviera, mi corazón tendría algún día una reacción terrible, quizá peligrosa, y para evitar dar la impresión de consolarme hacía todo lo posible para distraerme.

Naturalmente, mi hermana no estaba al tanto de todos estos acontecimientos, no se explicaba por qué yo, tan alegre otras veces, me había vuelto de pronto tan taciturno y tan triste.

A veces, sorprendido en medio de mi tristeza por la mirada inquieta de mi padre, le tendía la mano y apretaba la suya como para pedirle tácitamente perdón por el daño que le hacía a mi pesar.

Así pasó un mes, pero fue todo lo que pude soportar.

El recuerdo de Marguerite me perseguía sin cesar. Había amado y amaba demasiado a aquella mujer para que de pronto me fuera indiferente. Fuera el que fuera el sentimiento que tenía por ella, era preciso que la volviese a ver, inmediatamente.

Este deseo invadió mi mente y se fijó en ella con toda la fuerza de la voluntad que reaparecía por fin en un cuerpo inerte desde hacía tiempo.

No necesitaba a Marguerite en el futuro, dentro de un mes o en ocho días, sino al día siguiente. Fui a decirle a mi padre que le dejaba por asuntos que me requerían en París, pero que volvería rápidamente.

Intuyó sin duda el motivo que me obligaba a partir, porque insistió para que me quedase, pero, viendo que lo inexorable de aquel deseo podría tener en el estado irritable en el que me encontraba consecuencias fatales para mí, me abrazó y me rogó casi entre lágrimas que volviera pronto a su lado.

No dormí antes de llegar a París.

Una vez allí, ¿qué iba a hacer? Lo ignoraba, pero ante todo tenía que ocuparme de Marguerite.

Fui a casa a vestirme y, como hacía buen tiempo y todavía era pronto, me dirigí a los Campos Elíseos.

Al cabo de media hora, vi venir de lejos, desde la rotonda hasta la plaza de la Concordia, el coche de Marguerite.

Había vuelto a comprar sus caballos porque el coche era el de antes, sólo que ella no iba dentro.

Apenas me había percatado de su ausencia cuando, al mirar a mi alrededor, vi a Marguerite, que iba a pie acompañada de una mujer que yo no conocía.

Al pasar a mi lado, palideció y una sonrisa nerviosa crispó sus labios. En cuanto a mí, una violenta palpitación del corazón me desgarró el pecho, pero conseguí dar una expresión neutra a mi rostro y saludé fríamente a mi antigua amante, que se apresuró hacia su coche, al que subió con su amiga.

Conocía a Marguerite. Mi inesperado encuentro había debido alterarla. Sin duda ella sabía de mi partida, que la habría tranquilizado sobre las posibles consecuencias en mí de nuestra ruptura, pero al verme volver y al encontrarse frente a frente conmigo, pálido como estaba, supo que mi regreso tenía un objetivo y debió preguntarse qué iba a pasar.

Si hubiera visto a Marguerite infeliz, si para vengarme hubiera podido ir en su ayuda, quizá la habría perdonado, y ciertamente no habría pensado en hacerle daño; pero parecía feliz, en apariencia al menos; algún otro le había devuelto el lujo que yo no había podido continuar; nuestra ruptura, que fue decisión suya, tomaba por tanto el carácter del más bajo interés. Me sentía humillado en mi amor propio tanto como en mi amor; era necesario que ella pagase lo que yo había sufrido.

No podía ser indiferente a lo que hacía aquella mujer; en consecuencia, lo que debería hacerle más daño era mi indiferencia, un sentimiento que tendría que fingir, no solamente a sus ojos, sino a los ojos de los demás.

Traté de poner cara risueña y me dirigí a casa de Prudence.

La doncella me anunció y me hizo esperar algunos instantes en el salón.

Por fin apareció la señora Duvernoy, y me introdujo en su gabinete; en el momento en que me sentaba, oí abrirse la puerta del salón, y un paso ligero hizo crujir el parqué; luego la puerta de la casa se cerró violentamente.

—¿Os interrumpo? —pregunté a Prudence.

—Nada de eso, Marguerite estaba ahí. Cuando ha oído que os anunciaban, ha escapado: es ella la que acaba de salir.

—¿Ahora le doy miedo?

—No, pero teme que os sea desagradable volver a verla.

—¿Por qué? —dije haciendo un esfuerzo para respirar libremente, porque la emoción me ahogaba—. Esa pobre mujer me ha dejado, para recuperar su coche, sus muebles y sus diamantes, ha hecho bien, y no debo guardarle rencor. La he visto hoy —continué con indiferencia.

—¿Dónde? —dijo Prudence, que me miraba y parecía preguntarse si aquel hombre era el mismo que ella había conocido tan enamorado.

—En los Campos Elíseos, iba acompañada de una mujer muy bella. ¿Quién es esa mujer?

—¿Cómo era?

—Rubia, delgada, con tirabuzones; ojos azules, muy elegante.

—Ah, es Olympe, una mujer muy hermosa, en efecto.

—¿Con quién vive?

—Con nadie y con todo el mundo.

—¿Y dónde reside?

—En la calle Tronchet, número... ¡Ah!, ¿queréis hacerle la corte?

—Nunca se sabe...

—¿Y Marguerite?

—Deciros que no pienso en ella sería mentir, pero soy uno de esos hombres a los que la forma de romper una relación le importa mucho. Y Marguerite me ha despreciado con tal ligereza que me he sentido como un estúpido por haber estado enamorado de ella como lo estuve, porque realmente estuve muy enamorado de esa mujer.

Imaginaréis en qué tono trataba de decir todo esto; el sudor corría por mi frente.

—Ella os amaba, y os ama todavía; la prueba es que, después de haberse encontrado hoy con vos, ha venido inmediatamente a contármelo. Cuando ha llegado estaba temblando, casi a punto de desmayarse.

—¿Y qué os ha dicho?

—Me ha dicho: «Sin duda vendrá a veros», y me ha rogado que os implore su perdón.

—Podéis decirle que la he perdonado. Es una buena mujer, pero mujerzuela, y lo que me ha hecho, debía yo esperarlo. Le estoy agradecido por su resolución, porque hoy me pregunto a qué nos habría llevado mi idea de vivir con ella. Era de locos.

—Se pondrá muy contenta al saber que habéis tomado esa decisión ante el trance en que se encontraba. Era hora de que os dejase, querido. El bribón de hombre de negocios a quien había propuesto vender su mobiliario había ido en busca de sus acreedores para saber cuánto les debía; éstos tuvieron miedo e iban a subastar en dos días.

—Y ahora, ¿está todo pagado?

—Casi.

—¿Y quién prestó el dinero?

—El conde de N. ¡Ah, querido, hay hombres nacidos expresamente para eso! En resumen, ha soltado veinte mil francos pero ha conseguido lo que quería. Sabe de sobra que Marguerite no está enamorada de él, cosa que no le impide ser muy amable con ella. Ya lo habéis visto: ha vuelto a comprar los caballos, ha desempeñado sus joyas y le da tanto dinero como le daba el duque; si ella quiere vivir tranquilamente, este hombre se quedará mucho tiempo con ella.

—¿Y qué hace? ¿Sigue viviendo en París?

—No ha querido volver nunca a Bougival desde que os marchasteis. Yo fui a buscar todas sus cosas, e incluso las vuestras, con las que he hecho un paquete que podéis mandar a buscar. Está todo, excepto una pequeña cartera con vuestras iniciales. Marguerite ha querido quedarse con ella y la tiene en casa. Si la queréis, se la pediré.

—Que la guarde —balbuceé yo al sentir cómo las lágrimas subían del corazón a mis ojos por el recuerdo de aquella villa en la que había sido tan feliz y al saber que Marguerite quería conservar algo que procedía de mí y me recordaba a sus ojos.

Si hubiera entrado en aquel momento, mi intención de venganza habría desaparecido y yo habría caído a sus pies.

—Además —prosiguió Prudence—, nunca la he visto como ahora. No duerme casi, va a los bailes, come e incluso se emborracha. Hace muy poco, después de una cena se quedó ocho días en cama. Cuando el médico le dio permiso para levantarse, retomó la misma vida. ¿Iréis a verla?

—¿Para qué? He venido a veros a vos, porque siempre habéis sido encantadora conmigo y porque os conocía antes de conocer a Marguerite. A vos debo haber sido su amante, como a vos también que no lo sea, ¿verdad?

—Bueno, hice lo que pude para que os dejase, y creo que dentro de poco no me lo reprocharéis.

—Os estoy doblemente agradecido —añadí y me levanté porque sentía repugnancia por aquella mujer al verla tomar en serio cuanto yo decía.

—¿Os vais?

—Sí.

Estaba harto.

—¿Cuándo os volveremos a ver?

—Pronto. Adiós.

—Adiós.

Prudence me acompañó hasta la puerta y volví a mi casa con lágrimas de rabia en los ojos y una necesidad de venganza en el corazón.

De modo que, decididamente, Marguerite era una mujerzuela como las otras; aquel amor profundo que tenía por mí no había vencido al deseo de reemprender su vida pasada, ni a la necesidad de tener un coche y celebrar orgías.

Eso es lo que me decía para mis adentros en mis noches de insomnio, aunque, si hubiera reflexionado tan fríamente como fingía, habría visto en esta nueva existencia ruidosa de Marguerite la esperanza que ella tenía de hacer callar un pensamiento continuo, un recuerdo incesante.

Por desgracia, me dominaba la baja pasión y no buscaba más que algún medio de torturar a aquella pobre criatura.

¡Qué pequeño y vil es el hombre cuando una de sus limitadas pasiones está herida!

Aquella Olympe, con quien la había visto, era, si no la amiga de Marguerite, al menos aquélla a la que frecuentaba más a menudo desde su regreso a París. Iba a dar un baile y, como yo suponía, Marguerite acudiría a él; traté de conseguir una invitación y así fue.

Cuando, poseído por mis dolorosas emociones, llegué, el baile estaba ya muy animado. Bailaban, gritaban incluso, y en uno de los corrillos distinguí a Marguerite bailando con el conde de N., que parecía muy orgulloso de mostrarla y parecía decir a todo el mundo: «Esta mujer es mía».

Fui a apoyarme en la chimenea, justo frente a Marguerite, y la observé mientras bailaba. En cuanto me vio se turbó. La vi y la saludé distraídamente con la mano y la mirada.

Cuando pensaba que después del baile no estaría conmigo sino con un rico imbécil con quien se iría, cuando me imaginaba lo que probablemente ocurriría a su regreso a casa, la sangre subía a mi rostro y me venía la imperiosa necesidad de perturbar sus amores.

Después de la contradanza, fui a saludar a la señora de la casa, que mostraba sus magníficos hombros y parte de su deslumbrante pecho.

Aquella mujer era hermosa y formalmente más hermosa que Marguerite. Me lo pareció aún más al ver ciertas miradas que ésta lanzó a Olympe mientras yo hablaba con ella. El hombre que fuera amante de esta mujer podría estar tan orgulloso como lo estaba el señor de N., y era lo bastante hermosa como para inspirar una pasión igual a la que Marguerite me había inspirado.

En aquella época no tenía ningún amante y no sería difícil conseguir serlo. Todo dependería de enseñar el oro suficiente para atraer su atención.

Mi decisión estaba tomada. Ella sería mi amante.

Comencé mi papel de postulante danzando con Olympe. Media hora después, Marguerite, pálida como una muerta, se puso su abrigo de pieles y dejó el baile.

XXIII

Aquello era un comienzo, pero no suficiente. Sabía el poder que tenía sobre aquella mujer y abusaba de él como un cobarde.

Cuando pienso que ahora está muerta, me pregunto si Dios me perdonará alguna vez el daño que le causé.

Después de la cena, que fue una de las más escandalosas, se pusieron a jugar.

Yo me senté junto a Olympe y aposté mi dinero con tanta osadía que ella no podía dejar de prestarme atención. En un instante, gané ciento cincuenta o doscientos luises, que puse delante de mí y que ella miraba con ojos ardientes.

Era el único a quien el juego no lo absorbía por completo y que estaba pendiente de ella. Seguí ganando toda la noche y le di dinero para jugar porque ella había perdido todo cuanto tenía encima y probablemente en casa.

A las cinco de la mañana terminamos.

Yo había ganado trescientos luises.

Todos los jugadores estaban ya abajo, sólo yo me había quedado rezagado sin que se dieran cuenta porque no era amigo de ninguno de aquellos señores.

Olympe iluminaba la escalera y yo iba a bajar como los demás cuando me volví hacia ella y le dije:

—Tengo que hablaros.

—Mañana —me dijo ella.

—No, ahora.

—¿Qué tenéis que decirme?

—Ya lo veréis.

Y entré de nuevo en el piso.

—Habéis perdido —le dije.

—Sí.

—Todo lo que teníais en casa.

Ella dudó.

—Sed franca.

—De acuerdo, es cierto.

—Yo he ganado trescientos luises, aquí los tenéis si queréis que me quede.

Y entonces puse el oro sobre la mesa.

—Y ¿por qué esta proposición?

—Porque os amo.

—No, es porque estáis enamorado de Marguerite y queréis vengaros de ella convirtiéndoos en mi amante. No se engaña a una mujer como yo, querido amigo; lo siento pero soy todavía demasiado joven y demasiado bella para aceptar el papel que me proponéis.

—Es decir, ¿que os negáis?

—Sí.

—¿Preferís amarme por nada? Sería yo quien no aceptaría entonces. Reflexionad, querida Olympe, os habría enviado a una persona cualquiera para ofreceros esos trescientos luises en mi nombre con las condiciones que pongo y habríais aceptado. He preferido tratar directamente con vos. Aceptad sin buscar las razones que me hacen obrar; decíos que sois bella y que no hay nada extraño en que me haya enamorado de vos.

Marguerite era una mantenida, como Olympe, y, sin embargo, yo nunca me habría atrevido a decirle, la primera vez que la vi, lo que acababa de

decirle a aquella mujer. Yo amaba a Marguerite, había reconocido en ella instintos que faltaban a esta otra criatura y en el mismo momento en que le propuse aquel trato, a pesar de su gran belleza, comencé a verla con rechazo.

Ella terminó por aceptar, por supuesto.

A partir de aquel día hice sufrir a Marguerite una persecución constante. Olympe y ella dejaron de verse, como comprenderéis. Di a mi nueva amante coche, joyas; jugaba y hacía todas las locuras propias de un hombre enamorado de una mujer como Olympe. El escándalo de mi nueva pasión se difundió enseguida.

Prudence misma cayó en la trampa y terminó por creer que yo había olvidado completamente a Marguerite. Ésta, tanto si descubrió el motivo que me impulsaba a obrar así como si se engañó como todos los demás, respondió con gran dignidad a las heridas que yo le infligía cada día. Pero ella parecía sufrir, porque cuando que me la encontraba, estaba cada vez más pálida, cada vez más triste. Mi amor por ella, exaltado hasta tal punto que parecía odio, se alegraba ante la vista de aquel dolor cotidiano. Varias veces, en circunstancias en las que obré con una crueldad infame, Marguerite dirigió sobre mí miradas tan suplicantes que me ruborizaba por el papel que había adoptado y a punto estuve de pedirle perdón.

Pero estos arrepentimientos tenían la duración de un relámpago y Olympe, que había terminado por dejar de lado su amor propio y sabía que haciendo daño a Marguerite obtendría de mí cuanto quisiera, me ponía sin cesar en contra de ella y la insultaba cada vez que había ocasión, con esa persistente cobardía de la mujer autorizada por un hombre.

Marguerite había terminado por no ir a los bailes ni a los espectáculos, por temor a encontrarnos a Olympe y a mí. Entonces las cartas anónimas sucedieron a las impertinencias directas y no había cosa vergonzosa que yo no impulsase a mi amante a contar ni que yo mismo no contase sobre Marguerite.

Había que estar loco para llegar hasta ahí. Era como un hombre que, borracho de un mal vino, cae en una de esas exaltaciones nerviosas en las que la mano es capaz de un crimen sin que la razón lo impida. En medio de todo aquello, yo sufría el martirio. La calma sin desdén, la dignidad sin desprecio con que Marguerite respondía a todos mis ataques y que a mis propios ojos la hacían superior a mí me irritaban más contra ella.

Una noche, Olympe había ido a no sé dónde y se había encontrado con Marguerite, que esta vez no perdonó a la estúpida mujerzuela que la insultaba, hasta el punto de que ésta se había visto forzada a marcharse. Olympe volvió furiosa y Marguerite, desmayada, tuvo que ser llevada a su casa.

Al volver, Olympe me contó lo ocurrido, me dijo que Marguerite, al verla sola, había querido vengarse porque era mi amante y que yo tenía que escribirle exigiendo respeto, estuviera yo presente o no, hacia la mujer que amaba.

No necesito deciros que acepté y que todo lo amargo, vergonzoso y cruel que pude pensar lo puse en la epístola que envié el mismo día a su dirección.

Esta vez el golpe era demasiado fuerte para que la desventurada lo soportase sin decir nada.

Sospechaba que me llegaría una respuesta; por eso estaba resuelto a no salir de mi casa en todo el día.

Hacia las dos llamaron y vi entrar a Prudence.

Traté de adoptar un aire indiferente para preguntarle a qué debía su visita, pero aquel día la señora Duvernoy no estaba risueña y con un tono profundamente conmovido me dijo que, desde mi regreso, es decir, desde hacía unas tres semanas, no había perdido ocasión para causar dolor a Marguerite, que estaba enferma y que la escena de la víspera y mi carta de la mañana la habían obligado a guardar cama.

En resumen, sin reprocharme nada, Marguerite la enviaba a pedir clemencia, mandándome decir que ya no tenía más fuerza moral ni fuerza física para soportar lo que le hacía.

—Que la señorita Gautier me despida de su casa —le dije a Prudence—, está en su derecho, pero que insulte a una mujer a la que amo so pretexto de que esta mujer es mi amante es lo que nunca permitiré.

—Amigo mío —me dijo Prudence—, sufrís la influencia de una mujer sin corazón y sin espíritu; estáis enamorado de ella, cierto, pero no es una razón para torturar a una mujer que no sabe defenderse.

—Que la señorita Gautier me envíe a su conde de N. y la partida quedará igualada.

—Sabéis de sobra que no lo hará. Por eso, mi querido Armand, dejadla tranquila; si la vieseis os daría vergüenza la forma en que os comportáis con ella. Está pálida, tose, no llegará muy lejos.

Y Prudence me tendió la mano añadiendo:

—Venid a verla, vuestra visita la hará muy feliz.

—No tengo deseos de encontrarme con el señor de N.

—El señor de N. nunca está en su casa. No puede soportarle.

—Si Marguerite quiere verme, sabe dónde vivo, que venga, pero yo no pondré los pies en la calle d'Antin.

—¿Y vos la recibiréis?

—Por supuesto.

—Pues bien, estoy segura de que vendrá.

—Que venga.

—¿Saldréis hoy de casa?

—Estaré aquí toda la noche.

—Voy a decírselo.

Prudence se marchó.

No escribí a Olympe para decirle que no iría a verla. Ni me molestaba con aquella mujerzuela. Apenas si pasaba una noche con ella a la semana. Creo que se consolaba de ello con un actor de no sé qué teatro del bulevar.

Salí a cenar y volví casi inmediatamente. Mandé encender fuego en todas las habitaciones y despedí a Joseph.

No podría daros cuenta de los distintos sentimientos que me agitaron durante una hora de espera, pero, cuando hacia las nueve oí llamar a la puerta, éstos se resumieron en una emoción tal que al ir a abrir me vi forzado a apoyarme en la pared para no caerme.

Afortunadamente, la antecámara estaba a media luz y la alteración de mis rasgos era menos visible.

Marguerite entró.

Iba vestida completamente de negro y con velo. Apenas si reconocí su rostro bajo las puntillas.

Pasó al salón y se alzó el velo.

Estaba pálida como el mármol.

—Aquí estoy, Armand —dijo —; habéis querido verme y he venido —y, dejando caer la cabeza entre las manos, se deshizo en lágrimas. Me acerqué a ella.

—¿Qué tenéis? —le dije con voz alterada.

Ella me estrechó la mano sin responder porque las lágrimas velaban todavía su voz. Pero algunos instantes después, tras haber recuperado algo la calma, me dijo:

—Me habéis hecho mucho daño, Armand, y yo no os he hecho nada.

—¿Nada? —repliqué yo con sonrisa amarga.

—Sólo lo que las circunstancias me forzaron a haceros.

No sé si en vuestra vida habéis sentido o si sentiréis alguna vez lo que yo sentía al ver a Marguerite.

La última vez que vino a mi casa se sentó en el lugar donde solía sentarse; sólo que, desde aquella época, había sido la amante de otro; otros besos que no eran los míos habían tocado sus labios, que me atraían a mi pesar; sentía que amaba a aquella mujer tanto o quizá más de lo que nunca la había amado.

Sin embargo, para mí era difícil entablar la conversación sobre el tema que la traía. Marguerite lo comprendió sin duda, porque continuó:

—Vengo a molestaros, Armand, porque tengo dos cosas que pediros: perdón por lo que dije ayer a la señorita Olympe y gracia de lo que quizá estáis dispuesto a hacerme todavía. Voluntariamente o no, desde vuestro regreso me habéis hecho tanto daño que ahora sería incapaz de soportar la cuarta parte de las emociones que he soportado hasta esta mañana. Tendréis piedad de mí, ¿verdad? Y comprenderéis que para un hombre con corazón hay cosas más nobles que vengarse de una mujer enferma y triste como yo. Tomad, tomad mi mano. Tengo fiebre, he dejado la cama para pediros, no vuestra amistad, sino vuestra indiferencia.

En efecto, tomé la mano de Marguerite. Estaba ardiendo y la pobre mujer temblaba bajo su capa de terciopelo. Arrastré junto al fuego el sillón en el que estaba sentada.

—¿Creéis, pues, que no sufrí yo —proseguí— la noche en que, después de haberos esperado en el campo, vine a buscaros a París, donde no encontré más que esa carta que a punto estuvo de volverme loco? ¿Cómo pudisteis engañarme, Marguerite, a mí que tanto os amaba?

—No hablemos de eso, Armand, no he venido para hablar de ello. He querido veros de otro modo a como un enemigo, eso es todo, y he querido estrecharos una vez más la mano. Tenéis una amante joven, bonita, a la que amáis según dicen; sed feliz con ella y olvidadme.

—Y vos sois feliz, ¿verdad?

—¿Tengo cara de mujer feliz, Armand? No os burléis de mi dolor, pues sabéis mejor que nadie cuáles son la causa y el alcance.

—Sólo de vos dependía no ser para siempre desgraciada, si es que realmente lo sois.

—No, amigo mío, las circunstancias fueron más fuertes que mi voluntad. Obedecí no a mis instintos de mujerzuela, como vos parecéis decir, sino a una necesidad seria y a razones que sabréis un día y que os harán perdonarme.

—¿Por qué no me decís ahora esas razones?

—Porque no facilitarán un acercamiento imposible entre nosotros y quizá os aleja de personas de las que no debéis alejaros.

—¿Quiénes son esas personas?

—No puedo decíroslo.

—Entonces mentís.

Marguerite se levantó y se dirigió hacia la puerta.

—No os iréis —dije poniéndome delante de la puerta.

Pues a pesar de lo que me hicisteis os sigo amando y quiero teneros aquí.

—Para echarme mañana, ¿verdad? No, es imposible. Nuestros destinos están separados, no tratemos de reunirlos; quizá vos me despreciéis luego, mientras que ahora sólo podéis odiarme.

—¡No, Marguerite! —exclamé sintiendo todo mi amor y todos mis deseos despertarse al contacto de aquella mujer—. No, lo olvidaré todo, y podremos ser felices como nos habíamos prometido serlo.

Marguerite sacudió la cabeza en señal de duda y dijo:

—¿No soy yo vuestra esclava, vuestro perro? Haced de mí lo que queráis, tomadme, soy vuestra.

Y quitándose su capa y el sombrero, los tiró sobre el canapé y se puso a desabrochar bruscamente el corsé de su vestido, porque por una de esas reacciones tan frecuentes de su enfermedad la sangre le subía del corazón a la cabeza y la ahogaba.

Siguió una tos seca y ronca:

—Haced decir a mi cochero —continuó— que devuelva a casa mi coche.

Yo mismo bajé a despedir al hombre.

Cuando volví, Marguerite estaba tumbada ante el fuego y sus dientes castañeteaban de frío.

La tomé en mis brazos, la desnudé sin que hiciera ningún movimiento y la llevé completamente helada a mi cama.

Entonces me senté a su lado y traté de reanimarla con mis caricias. No me decía nada, pero me sonreía.

¡Oh, qué extraña fue aquella noche! Toda la vida de Marguerite parecía haber pasado a los besos con que me cubría y yo la amaba tanto que, en medio de los transportes de mi amor febril, me preguntaba si no iba a matarla para que no perteneciese a ningún otro.

Un mes de amor como aquél, tanto de cuerpo como de corazón, y no sería más que un cadáver.

El día nos encontró despiertos a los dos.

Marguerite estaba lívida. No decía una palabra. Grandes lágrimas descendían de sus ojos y se detenían sobre sus mejillas, brillantes como diamantes. Sus brazos agotados se abrían de vez en cuando para asirme y volvían a caer sin fuerza en el lecho.

Por un momento creí que podría olvidar lo que había pasado desde mi partida de Bougival, y dije a Marguerite:

—¿Quieres que nos marchemos, que dejemos París?

—No, no —me dijo casi con terror—, seríamos demasiado desgraciados, ya no puedo servir a tu felicidad, pero mientras me quede aliento seré la esclava de tus caprichos. A la hora del día o de la noche que me quieras, ven, seré tuya; pero no unas nunca tu porvenir al mío, serías demasiado desgraciado y me harías demasiado desgraciada. Por algún tiempo seré todavía una mujer hermosa, aprovéchalo, pero no me pidas más.

Cuando se fue, quedé espantado por la soledad en la que me dejó. Dos horas después de su marcha, estaba todavía sentado sobre los pliegues que su cuerpo había dejado y me preguntaba qué iba a ocurrir entre mi amor y mis celos.

A las cinco, sin saber lo que iba a hacer allí, me dirigí a la calle d'Antin. Fue Nanine quien me abrió.

—La señora no puede recibiros —me dijo apurada.

—¿Por qué?

—Porque el señor conde de N. está ahí, y no puedo dejar que nadie entre.

—Es cierto —balbuceé—, lo había olvidado.

Volví a mi casa como un hombre ebrio, y ¿sabéis qué hice durante el minuto de delirio celoso que bastaba a la acción vergonzosa que iba a cometer? ¿Sabéis qué hice? Me dije que aquella mujer se burlaba de mí, me la imaginaba en su cita ineludible con el conde repitiendo las mismas palabras que me había dicho por la noche y, tomando un billete de quinientos francos, le envié estas palabras:

Os marchasteis tan deprisa esta mañana que olvidé pagaros. Aquí tenéis el precio de vuestra noche.

Luego, cuando la carta fue enviada, salí como para sustraerme al remordimiento instantáneo de aquella infamia.

Fui a casa de Olympe, a la que encontré probándose vestidos y quien, cuando estuvimos solos, me cantó obscenidades para distraerme.

Aquélla sí que era el tipo perfecto de cortesana sin vergüenza, sin corazón y sin espíritu, para mí al menos, porque quizá un hombre había hecho de ella el sueño que yo había hecho de Marguerite.

Me pidió dinero, se lo di, y, libre entonces de irme, volví a mi casa.

Marguerite no había respondido.

Es inútil que os diga en qué agitación pasé la jornada del día siguiente.

A las seis y media, un recadero trajo un sobre que contenía mi carta y el billete de quinientos francos, ni una palabra.

—¿Quién os ha entregado esto? —le dije a aquel hombre.

—Una dama que se iba con su doncella en el correo de Boulogne y que me ha mandado no traéroslo hasta que el coche saliera del patio.

Corrí a casa de Marguerite.

—La señora ha partido para Inglaterra hoy a las seis —me respondió el portero.

Nada me retenía ya en París, ni odio ni amor. Yo estaba agotado por todas aquellas sacudidas. Uno de mis amigos iba a viajar hacia Oriente; fui a decir a mi padre el deseo que tenía de acompañarle; mi padre me dio letras de cambio, recomendaciones, y ocho o diez días después, embarqué en Marsella.

Fue en Alejandría donde supe por un agregado de embajada, al que había visto a veces en casa de Marguerite, la enfermedad de la pobre mujer.

Le escribí entonces la carta a la que me respondió que ya conocéis y que recibí en Toulon.

Partí inmediatamente y ya sabéis el resto.

Ahora, no os queda más que leer algunas hojas que Julie Duprat me ha entregado y que son el complemento indispensable de lo que acabo de contaros.

XXIV

Armand, cansado por aquel largo relato interrumpido con frecuencia por sus lágrimas, puso las manos sobre su frente y cerró los ojos, bien para pensar, bien para tratar de dormir, tras darme las páginas escritas de puño y letra de Marguerite.

Unos instantes después, una respiración algo más rápida probaba que Armand dormía, pero con ese sueño ligero que el menor ruido desvanece.

He aquí lo que leí y que transcribo sin añadir ni quitar una sola sílaba:

> Hoy es 15 de diciembre. Estoy indispuesta desde hace tres o cuatro días. Esta mañana me he quedado en la cama; el tiempo es sombrío, estoy triste; no hay nadie a mi lado, pienso en vos, Armand. Y vos, ¿dónde estáis ahora que escribo estas líneas? Lejos de París, muy lejos, me han dicho, y quizá ya os hayáis olvidado de Marguerite. En fin, sed feliz, vos, a quien debo los únicos momentos de alegría de mi vida.
>
> No pude resistir el deseo de daros la explicación de mi conducta, y os escribí una carta; pero, escrita por una mujer como yo, una carta así puede interpretarse como una mentira, a menos que la muerte la santifique con su autoridad y que en lugar de una carta resulte una confesión.

Hoy estoy enferma; puedo morir de esta enfermedad porque siempre he tenido el presentimiento de que moriré joven. Mi madre murió del pecho, y la forma en que he vivido hasta ahora no ha hecho más que empeorar esa afección, la única herencia que ella me dejó; pero no quiero morir sin que sepáis a qué ateneros con respecto a mí, si es que cuando volváis os preocupáis todavía de la pobre mujer que amabais antes de partir.

He aquí lo que contenía esa carta, que reescribiré de buen grado para así convencerme de mi explicación.

Recordaréis, Armand, cómo la llegada de vuestro padre nos sorprendió en Bougival; os acordaréis del terror involuntario que esa llegada causó en mí, de la escena que tuvo lugar entre vos y él, y que me contasteis por la noche.

Al día siguiente, mientras estabais en París y esperabais el regreso de vuestro padre, un hombre se presentó en mi casa y me entregó una carta del señor Duval.

En esa carta, que adjunto a ésta, me rogaba, en términos solemnes, que os alejase al día siguiente con un pretexto cualquiera y así poder recibir a vuestro padre, pues tenía que hablarme, y me pedía sobre todo que no os dijera nada de su visita.

Ya sabéis con qué insistencia os aconsejé a vuestra vuelta ir de nuevo a París al día siguiente.

Hacía una hora que habíais partido cuando llegó vuestro padre. Os ahorro la impresión que me causó su gesto severo. Vuestro padre estaba imbuido de las viejas teorías que muestran a las cortesanas como seres sin corazón, sin razón, como máquinas de amasar oro, siempre dispuestas, como máquinas de hierro, a triturar la mano que les ofrece algo y a desgarrar sin piedad, indiscriminadamente, aquello que las hace vivir y obrar.

Vuestro padre me había escrito una carta muy decorosa para que consintiese en recibirle pero no se presentó en los mismos términos con los que me había escrito. Actuó con altivez, impertinencia e incluso fue amenazante en sus primeras palabras, hasta que le hice comprender que estaba en mi casa y que sólo le rendiría cuentas de mi vida por el sincero afecto que sentía por su hijo.

El señor Duval se calmó un poco pero me dijo que no podía soportar por más tiempo que su hijo se arruinara por mí. Que yo era bella, cierto, pero que, por más bella que fuese, no debía servirme de mi belleza para echar a perder el porvenir de un joven con gastos como los que yo tenía.

A esto podía responder más de una cosa, ¿no es cierto?, y mostrarle las pruebas de que, desde que yo era vuestra amante, no me había costado ningún sacrificio seros fiel sin pediros más dinero del que podíais darme. Mostré los pagarés del monte de piedad, los recibos de las personas a quienes había vendido los objetos que no había podido empeñar, informé a vuestro padre de mi decisión de deshacerme del mobiliario para pagar mis deudas y para vivir con vos sin seros una carga pesada. Le hablé de nuestra felicidad, de la revelación que me habíais hecho de una vida más tranquila y más feliz, y terminó por rendirse a la evidencia y tenderme la mano, pidiéndome perdón por la forma en que se había presentado al llegar.

Luego me dijo:

—Entonces, señora, no será con reproches y amenazas, sino con súplicas, como trataré de obtener de vos un sacrificio mayor que todos los que habéis hecho por mi hijo.

Yo temblé ante este preámbulo.

Vuestro padre se acercó a mí, me tomó las manos y continuó en tono afectuoso:

—Hija mía, no toméis a mal lo que voy a deciros; comprended únicamente que la vida tiene a veces necesidades crueles para el corazón, pero a las que hay que someterse. Sois buena, y vuestra alma tiene generosidades desconocidas para muchas mujeres que quizá os desprecian y que no pueden compararse con vos. Pero pensad que además de la amante está la familia, que además del amor están los deberes, que a la edad de las pasiones sucede la edad en que, para ser respetado, el hombre necesita estar sólidamente asentado en una posición seria. Mi hijo no tiene fortuna y, sin embargo, está dispuesto a cederos la herencia de su madre. Si él aceptase de vos el sacrificio que estáis a punto de hacer, por su honor y dignidad él os daría esa herencia que os protegería para siempre de cualquier adversidad. Pero él no podrá aceptar el sacrificio porque el mundo, que no os conoce, daría a ese consentimiento una causa desleal que no debe manchar el apellido que llevamos. No se consideraría si Armand os ama, si le amáis, si ese doble amor es una felicidad para él y una rehabilitación para vos; no se vería más que una cosa, que Armand Duval ha soportado que una mujer mantenida, perdonadme, hija mía, todo lo que

me veo obligado a deciros, que una mujerzuela venda por él lo que tenía.
Luego llegarían los reproches y las lamentaciones, estad segura de ello,
tanto para vos como para los demás, y los dos llevaríais una cadena que
no podríais romper. ¿Qué haríais entonces? Vuestra juventud estaría
perdida, el porvenir de mi hijo, destruido; y yo, su padre, no tendría más
que de uno de mis hijos la recompensa que espero de dos. Sois joven, sois
bella, la vida os consolará. Vuestra nobleza y el recuerdo de una hermosa
acción redimirán para vos muchas cosas pasadas. Desde hace seis meses
que os conoce, Armand se olvida de mí. Le he escrito cuatro veces sin que
haya respondido una sola vez. ¡Yo podría haber muerto sin que él se en-
terase! Cualquiera que sea vuestra resolución de vivir de forma distinta a
como habéis vivido, Armand, que os ama, no consentirá en la reclusión
a que su modesta posición os condenaría, y que no está hecha para vuestra belleza. ¿Quién sabe lo que haría entonces? Sé que ha apostado su
dinero sin deciros nada a vos. En un momento de embriaguez, habría
podido perder parte de lo que he reunido durante años para la dote de mi
hija, para él y para la tranquilidad de mis últimos días. Todavía podría
suceder. ¿Estáis segura, además, de que la vida de que os privaríais por
él no os atraería de nuevo? ¿Estáis segura, vos que le habéis amado, de
no amar a otro? ¿No sufriréis, por último, con los obstáculos que vuestra relación pondrá en la vida de vuestro amante y de los que quizá no
podáis consolarle si, con la edad, la ambición sucede a sueños de amor?
Pensad en todo esto, señora; amáis a Armand, probádselo por el único
medio que os queda todavía para probárselo: sacrificando vuestro amor
por el bien de su futuro. Todavía no ha ocurrido ninguna desgracia, pero
llegarán, y quizá peores que las que yo preveo. Armand podría tener celos de un hombre que os haya amado; podría provocarle, batirse con él
y finalmente morir. Pensad lo que vos sufriríais ante este padre que os
pediría cuentas de la vida de su hijo. Finalmente, hija mía, debéis saber
todo, porque no os he contado todo. Sabed pues la razón que me trae a
París. Tengo una hija, acabo de decíroslo, joven, bella, pura como un ángel. Está enamorada y también ha hecho de ese amor el sueño de su vida.
Escribí a Armand para contárselo, pero ocupado completamente de vos
no me ha respondido. Pues bien, mi hija va a casarse. Se casa con el hombre al que ama, entra en una familia honorable que quiere que todo sea
honorable en la mía. La familia del hombre que debe convertirse en mi
yerno se ha enterado de cómo vive Armand en París y me ha anunciado

que retirará su compromiso si Armand continúa esta vida. El futuro de una joven está en vuestras manos. ¿Tenéis vos derecho a romperlo? ¿Os sentís con fuerzas para ello? En nombre de vuestro amor y de vuestro arrepentimiento, Marguerite, concededme la felicidad de mi hija.

Yo lloraba en silencio, amigo mío, ante todas estas reflexiones que me había hecho con frecuencia y que en boca de vuestro padre adquirían aún mayor realidad. Me decía todo lo que vuestro padre no osaba decirme y que veinte veces estuvo a punto de verbalizar: que yo no era después de todo más que una mantenida y que, por más sentido que buscase a nuestra relación, siempre parecería un cálculo; que mi vida pasada no me dejaba ningún derecho a soñar con un porvenir semejante, y que yo aceptaba responsabilidades que ni mis costumbres ni mi reputación podían avalar. En fin, Armand, yo os amaba. La forma paternal en la que me habló el señor Duval, los castos sentimientos que evocó en mí, la estima de aquel anciano leal que iba a conquistar, la vuestra que yo estaba segura de conseguir después..., todo aquello despertó en mi corazón nobles pensamientos que me reconciliaron conmigo misma y me hicieron hablar de santas vanidades, desconocidas hasta entonces. Cuando pensé que un día aquel anciano que me imploraba por el futuro de su hijo le diría a su hija que incluyera mi nombre en sus plegarias como el nombre de una misteriosa amiga, me transformé y me sentí orgullosa de mí.

Quizá la exaltación del momento exageraba la veracidad de mis impresiones, pero eso era lo que yo sentía, amigo mío, y esos sentimientos nuevos acallaban el recuerdo de los días felices pasados con vos.

—Está bien, señor —le dije a vuestro padre enjugándome las lágrimas—. ¿Creéis que amo a vuestro hijo?

—Sí —me dijo el señor Duval.

—¿Con un amor desinteresado?

—Sí.

—¿Creéis que yo quise hacer de ese amor la esperanza, el sueño y el perdón de mi vida?

—Firmemente.

—Pues bien, señor, besadme una vez como besaríais a vuestra hija, y os juro que ese beso, el único auténticamente casto que he recibido, me hará fuerte contra mi amor, y que antes de ocho días vuestro hijo habrá regresado a vuestro lado, tal vez desdichado durante algún tiempo, pero curado para siempre.

—Sois una mujer noble —replicó vuestro padre besándome en la frente—, e intentáis una cosa que Dios os tendrá en cuenta, pero temo mucho que nada obtengáis de mi hijo.

—¡Oh! Estad tranquilo, señor, me odiará.

Era necesario crear entre nosotros una barrera infranqueable tanto para el uno como para el otro.

Escribí a Prudence que finalmente aceptaba las proposiciones del señor conde de N. y que fuera a decirle que cenaría con ambos.

Cerré la carta y, sin decirle qué contenía, rogué a vuestro padre que la hiciera llegar a su dirección nada más llegar a París.

No obstante, me preguntó de qué se trataba.

—Es la felicidad de vuestro hijo —le respondí.

Vuestro padre me besó por última vez. Sentí en mi frente dos lágrimas de gratitud que fueron como el bautismo de mis faltas de antaño, y en el momento en el que consentí en entregarme a otro hombre, irradiaba orgullo pensando en lo que redimía con aquella nueva falta.

Era muy natural, Armand; vos me habíais dicho que vuestro padre era el hombre más honrado que se podía encontrar.

El señor Duval volvió a subir a su coche y partió.

Sin embargo, soy una mujer y cuando os volví a ver no pude dejar de llorar, pero me mantuve firme en mi decisión.

¿Hice bien? Es lo que me pregunto hoy, enferma, en una cama que quizá no deje más que muerta.

Vos fuisteis testigo de lo que sentía a medida que la hora de nuestra inevitable separación se acercaba; vuestro padre ya no estaba allí para sostenerme, y hubo un momento en el que estuve a punto de confesaros todo; tan aterrada estaba ante la idea de que ibais a odiarme y despreciarme.

Una cosa que quizá no creáis, Armand, es que pedía a Dios que me diera fuerza, y la prueba de que él aceptó mi sacrificio es que me dio la fuerza que le pedí.

Durante aquella cena, seguí necesitando su ayuda porque no quería aceptar lo que iba a hacer y temía que me faltara valor.

¿Quién me hubiera dicho a mí, Marguerite Gautier, que sufriría tanto ante la sola idea de un nuevo amante?

Bebí para olvidar y cuando me desperté al día siguiente estaba en la cama del conde.

He ahí toda la verdad, amigo; juzgad y perdonadme como yo os he perdonado todo el mal que me hicisteis desde ese día.

Sabéis tan bien como yo lo que siguió a esa noche fatal, pero lo que no sabéis, lo que no podéis sospechar, es lo que yo he sufrido desde nuestra separación.

Supe que vuestro padre os llevó con él, pero sospechaba que no podríais vivir mucho tiempo lejos de mí, y el día en que os encontré en los Campos Elíseos me emocioné, pero no me sorprendió.

»Comenzó entonces la época en la que cada día recibía un nuevo insulto de vos, insulto que acogía casi con alegría porque, además de que era la prueba de que seguíais amándome, me parecía que cuanto más me persiguieseis, más crecería yo a vuestros ojos el día que supieseis la verdad.

No os sorprendáis por este feliz martirio, Armand; el amor que tuvisteis por mí abrió mi corazón a nobles sentimientos.

Sin embargo, no fui tan fuerte.

Entre la ejecución del sacrificio que os había hecho y vuestra vuelta pasó un largo tiempo durante el que yo había tenido que recurrir a medios físicos para no enloquecer y para evadirme de la vida en la que me arrojé. Prudence os dijo, ¿no es cierto?, que yo estaba en todas las fiestas, en todos los bailes, en todas las orgías...

Yo tenía la esperanza de matarme rápidamente, a fuerza de excesos, y creo que esa esperanza no tardará en ser realidad. Por fuerza, mi salud se alteró cada vez más, y el día en que envié a la señora Duvernoy a pediros gracia estaba agotada de cuerpo y alma.

No os recordaré, Armand, de qué forma recompensasteis la última prueba de amor que os di y con qué ultraje echasteis de París a la mujer que, moribunda, no se pudo resistir a vuestro deseo cuando le pedisteis una noche de amor y que como una insensata creyó por un instante que podría soldar de nuevo pasado y presente. Teníais derecho a hacer lo que hicisteis, Armand; nunca me han pagado tan caras mis noches.

Entonces lo dejé todo atrás. Olympe me reemplazó ante el señor de N. y me dijeron que se encargó de decirle el motivo de mi partida. El conde de G. estaba en Londres. Es uno de esos hombres que, al no dar al amor con las mujerzuelas como yo otra importancia que la de un pasatiempo agradable, siguen siendo amigos de las mujeres que han tenido y no guardan odio, pues nunca han tenido celos; en fin, es uno de esos grandes señores que no nos abren más que un lado de su corazón mientras nos abren los dos de su cartera. En él pensé inmediatamente. Fui a reunirme con él. Me recibió maravillosamente, pero era allí el amante de una mujer de buena sociedad y temía comprometerse uniéndose a mí. Me presentó a sus amigos, que me dieron una cena tras la cual uno me llevó a su cama.

¿Qué queríais que hiciese, amigo mío?

¿Matarme? Habría significado cargar vuestra vida, que debe ser feliz, con un remordimiento inútil; luego, ¿para qué matarse cuando una está a punto de morir?

Pasé al estado de cuerpo sin alma, de cosa sin pensamiento. Viví durante algún tiempo en esa vida de autómata, luego volví a París y pregunté por vos; supe entonces que habíais partido para un largo viaje. Ya nada me retenía. Mi existencia volvió a ser lo que había sido dos años antes. Traté de volver con el duque pero le había herido brutalmente y los viejos no son pacientes, sin duda, porque son conscientes de que no son eternos. La enfermedad me invadía día a día; estaba pálida, triste y cada vez más delgada. Los hombres que compran el amor examinan la mercancía antes de comprarla. Había en París mujeres de mejor salud, más gruesas que yo, y poco a poco me olvidaron. Ése fue mi pasado hasta ayer.

Ahora estoy muy enferma. He escrito al duque para pedirle dinero, porque no lo tengo y los acreedores han vuelto y me han traído sus facturas con un encarnizamiento despiadado. ¿Me responderá el duque? ¡Ah, y que no estéis vos en París! Vendríais a verme y vuestras visitas me harían olvidar todo.

20 de diciembre

Hace un tiempo horrible, está nevando, estoy sola en mi casa. Desde hace tres días he tenido tanta fiebre que no he podido escribiros ni una palabra. Nada nuevo, amigo mío; todos los días espero sin mayor esperanza una carta vuestra, pero no llega ni llegará nunca, sin duda. Sólo los hombres tienen fuerza para no perdonar. El duque no me ha contestado.

Prudence ha vuelto a empezar con sus viajes al monte de piedad.

No dejo de escupir sangre. ¡Qué pena os causaría si me vieseis! Sois muy afortunado de estar bajo un cielo cálido y no tener como yo todo un invierno de hielo que pesa sobre el pecho. Hoy me he levantado un rato, y, tras las cortinas de mi ventana, he mirado pasar esa vida de París con la que creo haber roto definitivamente. Algunos rostros conocidos han pasado por la calle, rápidos, joviales, despreocupados. Ni uno ha alzado los ojos hacia mis ventanas. Sin embargo, algunos jóvenes han venido para dejar su tarjeta. Ya una vez, estando enferma, vos, que no me conocíais, que nada habíais obtenido de mí más que una impertinencia el día en que os vi por primera vez, vinisteis a informaros sobre mi salud todas las mañanas. Heme aquí enferma nuevamente. Pasamos seis meses juntos. Sentí por vos tanto amor como puede contener el corazón de una mujer, y vos estáis lejos, y vos me maldecís, y no me llega ni una sola palabra de consuelo de vos. Pero sólo el azar ha sido el causante de este abandono, porque si estuvierais en París, no abandonarías mi cabecera ni mi habitación.

25 de diciembre

Mi médico me prohíbe escribir todos los días. En efecto, mis recuerdos no hacen sino aumentar la fiebre, pero ayer recibí una carta que me ha hecho bien, más por los sentimientos que expresa que por la ayuda material que me aporta. Puedo, pues, escribiros hoy. Esa carta era de vuestro padre y contenía lo siguiente:

Señora:
Sé en este momento que estáis enferma. Si estuviera en París, iría en persona a interesarme por vuestro estado; si mi hijo estuviera a mi lado, le diría que fuera a buscaros, pero no puedo abandonar C. y Armand está a seiscientas o setecientas leguas de aquí. Permitidme pues simplemente escribiros, señora, cuán apenado estoy por esa enfermedad, y creed en los sinceros votos que hago por vuestro pronto restablecimiento.
Uno de mis buenos amigos, el señor H., se presentará en vuestra casa. Tened a bien recibirle. Le he hecho un encargo cuyo resultado espero con impaciencia. Estad segura, señora, de mis sentimientos más distinguidos.

Ésta es la carta que he recibido. Vuestro padre es un corazón noble; amadle mucho, amigo mío, porque pocos hombres hay en el mundo tan dignos de ser amados. Ese papel firmado con su apellido me ha hecho más bien que todas las órdenes de nuestro gran médico.

Esta mañana ha venido el señor H. Parecía muy azorado por la delicada misión que le había encargado el señor Duval. Venía a traerme mil escudos de parte de vuestro padre. He querido rehusarlos al principio, pero el señor H. me ha dicho que esa negativa ofendería al señor Duval, que le había autorizado primero a darme aquella suma y a entregarme también todo lo que necesitara. Acepté este favor, que de parte de vuestro padre no puede ser más que una limosna. Si he muerto cuando volváis, mostrad a vuestro padre lo que acabo de escribir para él y decidle que, al trazar estas líneas, la pobre mujer a la que se ha dignado escribir esa carta consoladora derramaba lágrimas de gratitud y rogaba a Dios por él.

4 de enero

Acabo de pasar por unos días muy dolorosos. Ignoraba que el cuerpo pudiera hacer sufrir de esta forma. ¡Oh, mi vida pasada! Daría lo que fuera por volver a ella.

Me han tenido que atender cada noche. Ya no podía respirar. El delirio y la tos se repartían el resto de mi pobre existencia.

Mi comedor está lleno de bombones y de regalos de toda clase que mis amigos me han traído. Sin duda entre esas personas hay algunos que esperan que más tarde sea su amante. Si viesen lo que la enfermedad ha hecho de mí, huirían espantados.

Prudence da los aguinaldos con lo que yo recibo.

El tiempo está helado, y el doctor me ha dicho que podré salir de aquí dentro de unos días si el clima mejora.

8 de enero

Ayer salí en mi coche. Hacía un tiempo magnífico. Los Campos Elíseos estaban llenos de gente. Fue como la primera sonrisa de la primavera. Todo tenía un aire de fiesta a mi alrededor. Nunca había pensado que un rayo de sol tuviera toda la alegría, la dulzura y el consuelo que ayer recibí de él.

Me he encontrado con casi todas las personas que conozco; siguen alegres, ocupadas con sus placeres. ¡Cuánta gente feliz que no sabe que lo es! Olympe ha pasado en un elegante coche que le ha dado el señor de H. Ha intentado insultarme con la mirada. No sabe cuán lejos estoy ya de todas esas vanidades.

Un buen muchacho a quien conozco desde hace tiempo me ha preguntado si quería ir a cenar con él y con uno de sus amigos, que desea mucho conocerme, según dijo.

He sonreído tristemente y le he tendido mi mano ardiente de fiebre.

Jamás he visto rostro más asombrado.

He regresado a las cuatro y he cenado con bastante apetito.

El paseo me ha hecho bien.

¡Si pudiera curarme!

¡Qué deseo de vivir da observar la vida y la felicidad de los demás a quienes ayer querían morir pronto en la soledad de su alma y de su habitación!

10 de enero

Esa esperanza de salud no era más que un sueño. Heme aquí de nuevo en mi lecho con el cuerpo cubierto de emplastos que me queman. Ve ahora a ofrecer ese cuerpo que tan caro se pagaba antes, y verás lo que hoy te darán por él.

Debemos haber hecho mucho mal antes de nacer o tal vez después de la muerte gozaremos de una felicidad grandísima para que Dios permita que esta vida tenga todas las torturas de la expiación y todos los dolores del trance.

12 de enero

Sigo sufriendo.

El conde de N. me envió dinero ayer, no lo he aceptado. No quiero nada de ese hombre. Él es la causa de que vos no estéis a mi lado.

¡Oh, nuestros hermosos días de Bougival! ¿Dónde están?

Si salgo viva de esta habitación, será para hacer una peregrinación a la casa en la que vivimos juntos y no saldré si no es muerta.

Quién sabe si os escribiré mañana.

25 de enero

Hace once noches que no duermo, que me ahogo y creo a cada instante que voy a morir. El médico ha ordenado que no me dejen tocar la pluma. Julie, que me vigila, me permite aún escribiros estas pocas líneas. ¿No vendréis antes de que muera? ¿Ha terminado todo eternamente entre nosotros? Me parece que si vinierais, sanaría. ¿Para qué sanar?

Esta mañana me he despertado por un gran alboroto. Julie, que dormía en mi habitación, se ha precipitado al comedor. He oído voces de hombres contra las que la suya luchaba en vano. Ha vuelto llorando.

Venían a embargar. Le he dicho que deje hacer lo que ellos llaman justicia. El ujier ha entrado en mi habitación con el sombrero en la cabeza. Ha abierto los cajones, ha anotado todo lo que ha visto y ha aparentado no percatarse de que había una moribunda en el lecho que afortunadamente la caridad de la ley me deja.

Al partir se ha atrevido a decirme que podía oponerme antes de nueve días, pero ha dejado un vigilante. ¿Qué va a ser de mí, Dios mío? Esta escena me ha puesto más enferma. Prudence quería pedir dinero al amigo de vuestro padre, pero me he opuesto.

He recibido vuestra carta esta mañana. La necesitaba. ¿Llegará a tiempo mi respuesta? ¿Me veréis todavía? Es ésta una jornada feliz que me hace olvidar todas las que he pasado desde hace seis semanas. Creo que me encuentro mejor pese al sufrimiento de la tristeza bajo cuya influencia os he respondido.

Después de todo, no se puede ser siempre desgraciado.

A veces imagino que no muero, que volvéis, que veo de nuevo la primavera, que me amáis y comenzamos de nuevo nuestra vida del año pasado.

¡Qué loca soy! Apenas si puedo sostener la pluma con la que os escribo este sueño insensato de mi corazón.

Pase lo que pase, os amaba mucho, Armand, y habría muerto hace mucho tiempo si no hubieran podido ayudarme el recuerdo de ese amor y una vaga esperanza de volver a veros aún a mi lado.

4 de febrero

El conde de G. ha vuelto. Su amante le ha engañado. Está muy triste, la amaba mucho. Ha venido a contármelo. Al pobre le van mal sus negocios, lo que no le ha impedido pagar a mi ujier y despedir al vigilante.

Le he hablado de vos y me ha prometido hablaros de mí. En esos momentos intentaba olvidar que había sido su amante y él trataba de hacérmelo olvidar también. Es buena persona.

Ayer el duque ordenó recibir noticias sobre mi estado y ha venido esta mañana. No sé lo que todavía puede hacer vivir a este viejo. Se ha quedado tres horas a mi lado y no me ha dicho veinte palabras... Dos gruesas lágrimas han caído de sus ojos cuando me ha visto tan pálida. Sin duda, el recuerdo de la muerte de su hija le ha hecho llorar.

La habrá visto morir dos veces. Su espalda está encorvada, su cabeza se inclina hacia el suelo, sus labios cuelgan, su mirada está apagada. La edad y el dolor pesan el doble sobre su cuerpo agotado. No me ha hecho ningún reproche. Era como si en el fondo gozara del desastre que la enfermedad ha causado en mí. Parecía orgulloso de estar en pie mientras yo, joven todavía, estaba postrada por el dolor.

Ha vuelto el mal tiempo. Nadie viene a verme. Julie vela cuanto puede a mi lado. Prudence, a quien no puedo dar tanto dinero como antes, comienza a pretextar asuntos para alejarse.

Ahora que estoy a punto de morir, pese a lo que me dicen los médicos, porque tengo varios, lo cual prueba que la enfermedad aumenta, casi lamento haber escuchado a vuestro padre. Si hubiera sabido que no iba a quitarle más que un año de vuestro futuro, no habría resistido al deseo de pasar este año con vos y al menos moriría teniendo en mis manos las de un amigo. Aunque si hubiéramos vivido juntos ese año, no habría muerto tan pronto.

¡Que se haga la voluntad de Dios!

5 de febrero

¡Oh, venid, Armand, sufro horriblemente, voy a morir, Dios mío! Estaba ayer tan triste que no quise pasar en mi casa la velada que prometía ser tan larga como la de la víspera. El duque ha venido por la mañana. Me parece que la vista de este anciano olvidado por la muerte me hace morir más deprisa.

Pese a la ardiente fiebre que me quemaba, hice que me vistieran y me llevasen al Vaudeville. Julie me puso carmín, sin el cual habría parecido un cadáver. Estuve en el palco en el que os di nuestra primera cita; todo el rato mantuve la mirada fija en la luneta que ocupabais vos aquel día y que ayer ocupaba un tipo patán, que reía escandalosamente todas las cosas estúpidas que recitaban los actores. Me trajeron medio muerta a casa. Tosí y escupí sangre toda la noche.

Hoy no puedo hablar, apenas si puedo mover los brazos. ¡Dios mío, Dios mío! ¡Voy a morir! Me lo esperaba, pero no puedo hacerme a la idea de sufrir más de lo que sufro, y si...»

A partir de esta palabra, los pocos caracteres que Marguerite intentó trazar eran ilegibles, y había sido Julie Duprat la que había continuado escribiendo.

18 de febrero

Señor Armand,

Desde el día en que Marguerite se empeñó en ir al teatro, ha estado cada vez más enferma. Ha perdido la voz completamente, luego el uso de sus miembros. Es imposible expresar lo que nuestra pobre amiga ha sufrido. No estoy acostumbrada a esta clase de emociones y tengo constantes sobresaltos.

¡Cuánto me gustaría que estuvierais a nuestro lado! Está casi siempre delirando, pero, en delirio o lúcida, es vuestro nombre lo que siempre pronuncia cuando consigue articular palabra.

El médico me ha dicho que no le queda mucho tiempo. Desde que está tan enferma el viejo duque no ha vuelto.

Le ha dicho al doctor que este espectáculo le estaba haciendo demasiado daño.

La señora Duvernoy no se porta bien. Esa mujer, que creía que sacaría más dinero de Marguerite, a cuya costa vivía casi por completo, ha adquirido compromisos que no puede mantener y, viendo que su vecina ya no le sirve de nada, no viene siquiera a verla. Todo el mundo la abandona. El señor de G., acosado por sus deudas, se ha visto obligado a partir para Londres. Al irse, nos ha enviado algún dinero; ha hecho cuanto ha podido, pero han vuelto a embargarnos y los acreedores sólo esperan la muerte para celebrar la subasta.

He querido utilizar mis últimos recursos para impedir todos estos embargos, pero el ujier me ha dicho que era inútil y que todavía quedaban juicios por ejecutar. Puesto que va a morir, más vale abandonar todo que salvarlo para su familia, a la que ella no ha querido ver y que nunca la ha amado. No podéis figuraros en medio de qué miseria dorada se muere la pobre. Ayer no teníamos dinero. Cubiertos, joyas, cachemiras, todo está en prenda, el resto está vendido o embargado. Marguerite todavía tiene conciencia de lo que pasa a su alrededor, y sufre con el cuerpo, con el espíritu y con el corazón. Grandes lágrimas corren por sus mejillas, tan flacas y pálidas que no reconoceríais ya el rostro de la que tanto amasteis si pudierais verla. Me ha hecho prometerle que os escribiría cuando ella ya no pudiera, y escribo en su presencia. Dirige los ojos hacia mí, pero no me ve, su mirada está velada ya por la muerte próxima; sin embargo, sonríe, y todo su pensamiento, toda su alma están en vos, estoy segura.

Cada vez que se abre la puerta, sus ojos se iluminan y siempre cree que vos vais a entrar; luego, cuando ve que no sois vos, su rostro recupera su expresión dolorosa, se humedece de un sudor frío, y las mejillas se tornan púrpuras.

19 de febrero, doce de la noche

¡Triste día el de hoy, mi pobre señor Armand! Esta misma mañana Marguerite se ahogaba, el médico la sangró y la voz le volvió un poco. El doctor le aconsejó que viera a un sacerdote, ella aceptó y él mismo fue a buscar un abate a la iglesia de Saint-Roch.

Mientras tanto, Marguerite me llamó junto a su cama, me rogó que abriera su secreter, me señaló un gorro de dormir, un camisón todo cubierto de puntillas, y me dijo con voz débil:

—Voy a morir después de confesarme, entonces me vestirás con estas prendas; es una coquetería de moribunda.

Luego me abrazó llorando y añadió:

—Puedo hablar, pero me ahogo cuando hablo; ¡me ahogo! ¡Aire!

Yo me deshacía en lágrimas, abrí la ventana, y algunos instantes después entró el sacerdote.

Fui a su encuentro.

Cuando supo en casa de quién estaba, pareció que temía ser mal acogido.

—Entrad sin vacilación, padre —le dije.

Se quedó muy poco tiempo en la habitación de la enferma y al salir me dijo:

—Ha vivido como una pecadora, pero morirá como una cristiana.

Unos instantes después volvió acompañado de un monaguillo, que llevaba un crucifijo, y un sacristán, que caminaba delante de ellos tocando la campanilla para anunciar que Dios venía a casa de la moribunda.

Entraron los tres en ese dormitorio en el que antaño resonaron palabras en lenguas extranjeras y que en aquel momento no era más que un tabernáculo sagrado.

Yo caí de rodillas. No sé cuánto tiempo perdurará la impresión que ese espectáculo me ha producido pero no creo que, hasta que llegue al mismo momento, pueda impresionarme tanto ninguna cosa humana.

El sacerdote ungió con los óleos santos los pies, las manos y la frente de la moribunda, recitó una breve plegaria y Marguerite se halló dispuesta para partir hacia el cielo, donde sin duda irá si Dios ha visto las pruebas de su vida y la santidad de su muerte.

Desde ese momento no ha dicho una palabra ni ha hecho ningún movimiento. Veinte veces la habría creído muerta si no hubiera oído el esfuerzo de su respiración.

20 de febrero, cinco de la tarde

Todo ha terminado.

Marguerite entró en agonía esta noche en torno a las dos. Jamás mártir alguno sufrió semejantes torturas, a juzgar por los gritos que lanzaba. Dos o tres veces se ha puesto de pie en su cama, como si hubiera querido apresar de nuevo su vida que subía hacia Dios.

Dos o tres veces, también, dijo vuestro nombre, luego todo quedó en silencio, cayó agotada en su cama. Lágrimas silenciosas cayeron de sus ojos y murió.

Entonces me acerqué a ella, la llamé y como no me respondía le cerré los ojos y la besé en la frente.

Pobre querida Marguerite, quisiera yo ser una santa para que mi beso te recomendase a Dios.

Luego la vestí como me pidió, fui a buscar un sacerdote a Saint-Roche, encendí dos cirios por ella y recé durante una hora en la iglesia.

Di a los pobres dinero que de ella procedía.

No estoy muy ducha en religión, pero pienso que el buen Dios reconocerá que mis lágrimas eran verdaderas, mi plegaria ferviente, mi limosna sincera, y tendrá piedad de ella, que, muerta joven y hermosa, no me tuvo más que a mí para cerrarle los ojos y enterrarla.

22 de febrero

Hoy ha tenido lugar el entierro. Han asistido muchos amigos de Marguerite a la iglesia. Algunos lloraban con sinceridad. Cuando el convoy tomó el camino de Montmartre sólo dos hombres iban detrás, el

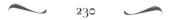

conde de G., que había vuelto expresamente desde Londres, y el duque, que caminaba sostenido por dos lacayos.

Os escribo todos estos detalles desde su casa, entre lágrimas y ante la lámpara que arde tristemente junto a una cena que no tocaré, como podéis imaginar, pero que Nanine ha mandado hacer porque no he comido desde hace veinticuatro horas.

Mi vida no podrá soportar mucho tiempo estos tristes sentimientos, porque mi vida no me pertenece como tampoco la suya pertenecía a Marguerite; por eso os doy todos estos detalles en los mismos lugares en que han pasado, temiendo no poder dároslos si transcurre mucho tiempo entre ellos y vuestro regreso con toda su triste exactitud.

XXV

—¿Lo habéis leído? —me dijo Armand cuando terminé la lectura del manuscrito.

—Comprendo lo que habéis debido sufrir, amigo mío, si todo lo que he leído es cierto.

—Mi padre me lo ha confirmado en una carta.

Hablamos durante un rato del triste destino que acababa de cumplirse y volví a mi casa en busca de un poco de reposo.

Armand, todavía triste pero algo aliviado tras el relato de su historia, se restableció pronto y fuimos juntos a visitar a Prudence y a Julie Duprat.

Prudence acababa de quebrar. Nos dijo que Marguerite había sido la causa de dicha quiebra, que durante la enfermedad ella le había prestado mucho dinero, por el que había firmado pagarés que no había podido pagar. Marguerite no le devolvió nada y, como no tenía ningún recibo, no pudo presentarse como acreedora.

Con ayuda de esta fábula que la señora Duvernoy contaba en todas partes para disculpar sus malos negocios, mostró un billete de mil francos a Armand, que no la creía, pero que fingió creerla por el respeto que seguía teniendo por todo lo relacionado con su amante.

Luego fuimos a casa de Julie Duprat, que nos relató los tristes sucesos de los que había sido testigo, mientras derramaba lágrimas sinceras ante el recuerdo de su amiga.

Por fin fuimos a la tumba de Marguerite, sobre la que los primeros rayos del sol de abril hacían brotar las primeras hojas.

Sólo le quedaba a Armand un último deber que cumplir, ir a reunirse con su padre. También quiso que yo le acompañase.

Llegamos a C., donde vi al señor Duval tal cual me lo había imaginado según el retrato que de él me había hecho su hijo: alto, digno, benévolo.

Acogió a Armand con lágrimas de felicidad y me estrechó afectuosamente la mano. Pronto me percaté de que el sentimiento paterno era el que dominaba sobre todos los demás en casa del recaudador.

Su hija, llamada Blanca, tenía esa transparencia de ojos y de mirada, esa serenidad de boca que prueban que el alma no concibe más que santos pensamientos y que los labios no dicen más que palabras piadosas. Sonreía al regreso de su hermano, ignorando la casta joven que lejos de ella una cortesana había sacrificado su felicidad ante la sola invocación de su nombre.

Me quedé algún tiempo con aquella feliz familia, completamente dedicada a aquél que les llevaba la convalecencia de su corazón.

Volví a París, donde escribí esta historia tal como me había sido contada. No tiene más que un mérito que quizá le sea negado: el de ser verdadera.

No extraigo de este relato la conclusión de que todas las mujeres como Marguerite son capaces de hacer lo que ella hizo, ni mucho menos, pero sé que una de ellas sintió en su vida un amor profundo, que sufrió por ello, y por él murió. He contado al lector lo que sabía. Era un deber.

La historia de Marguerite es una excepción, lo repito, porque si hubiera sido algo común, no habría merecido la pena escribirla.